사일런트 머신, 길자

■ 이 도서의 국립중앙도서관 출판시도서목록(CIP)은
e-CIP 홈페이지(http://www.nl.go.kr/ecip)에서 이용하실 수 있습니다.
(CIP제어번호: CIP2009002730)

사일런트 머신, 길자

김창완

마음산책

사일런트 머신, 길자

1판 1쇄 인쇄 2009년 9월 5일
1판 1쇄 발행 2009년 9월 10일

지은이 | 김창완
펴낸이 | 정은숙
펴낸곳 | 마음산책

편집 | 심재경·권한라   디자인 | 김정현
영업 | 권혁준   관리 | 박해령

등록 | 2000년 7월 28일 (제13-653호)
주소 | 서울시 마포구 서교동 395-114 (우 121-840)
전화 | 대표 362-1452 편집 362-1451   팩스 | 362-1455
홈페이지 | http://www.maumsan.com
전자우편 | maum@maumsan.com

ISBN 978-89-6090-061-5 03810

* 책값은 뒤표지에 있습니다.

오늘이 몇 년 모 월 모 일이라는 게 뭐 대수인가?

바다 속에서는 날짜도 계절도 없다.

그래도 모든 것이 태어나고 사라지고 평화롭고 풍요롭고 인자하고

끝까지 인내하지 않는가?

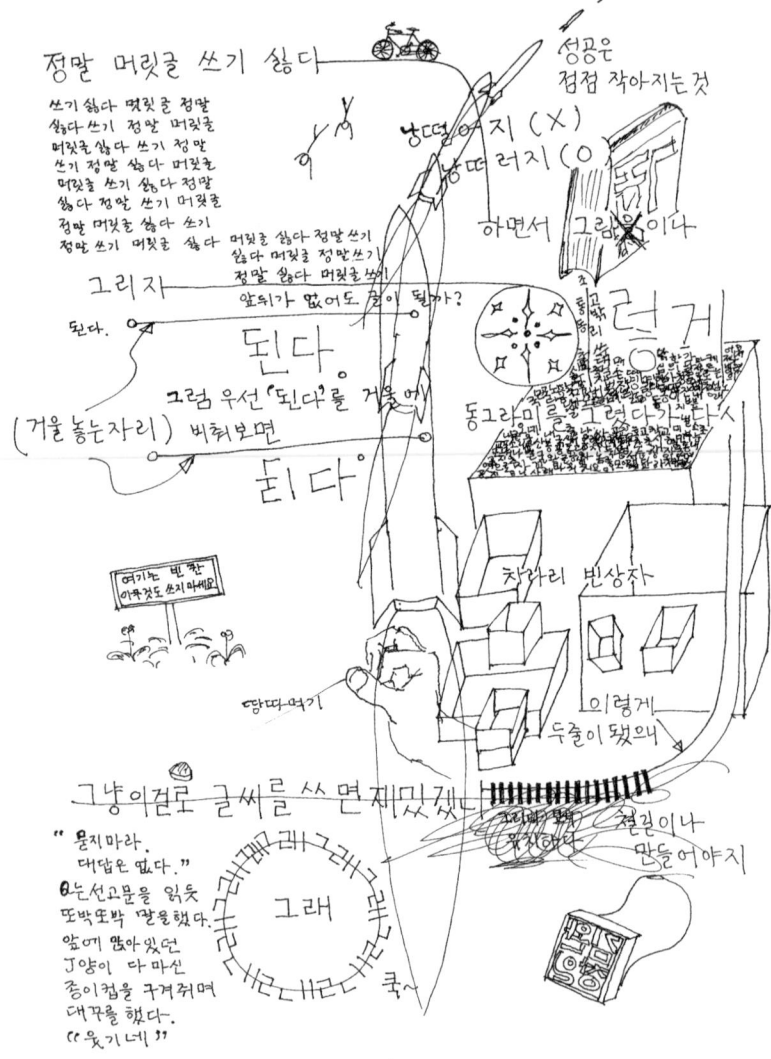

□ 작가의 말 □

글쓰기만큼 재미있는 놀이도 없다.

연필 끝에서 바람이 불고 물이 흐르고

볼펜 끝에서 '길자'의 투덜거리는 소리가 흘러나온다.

여러분을 나의 사랑하는 고양이 '죠죠'가 살고 있는

글 동산에 초대합니다.

슬픈 목숨을 이어가는 모든 동물들과

악의 없는 몽상가들에게 이 책을 바칩니다.

2009년 9월

김창완

□ 차례 □

작가의 말 7

사일런트 머신, 길자

11

숲으로 간 죠죠

숲으로 간 죠죠

31

죠죠 그 이후

M. C. 에셔(1898~1971)

85

유니

윤 판사와 소매치기

사일런트 머신, 길자

 말을 없애겠다는 이씨의 생각은 사업적인 측면에서 보면 타당성이 없었다. 이씨 자체가 말이 없고 사교성이 적지만 이걸 사업으로까지 발전시키고 싶어하게 된 것은 몇 달 전 북어국집 앞에서였다.

 북어국집에 가기 전날 이씨는 아내와 크게 싸웠다. 싸움의 시작이 어찌 됐든 이씨의 말없음이 빌미가 된 것은 사실이다. 시고모가 돌아가셔서 내게 된 부줏돈이 많네 적네 하다가 불거진 싸움이 발명가인 이씨의 자존심을 건드리고 말았다.

"으휴, 내가 진작에 저놈의 연구실인지 공작실인지를 불을 확 싸질러버렸어야 되는데……."

"뭐라구?"

이씨의 눈썹이 꼬리 올라간 처마가 되자 아내도 지지 않고 입안에 개구리 알을 품었다.

"'뭐라구'라니, '뭐라구'라니? 내가 못할 말 했어? 뭐라고만 하면 '뭐라구?' '뭐라구?' 말고 다른 말 아는 거 있어? 그저 나온다는 말이 평생 가야 '뭐라구'지. 내 그놈의 '뭐라구?'만 나오면 그냥 참으려다가도 천불이 나서……. '뭐라구?' '뭐라구?' 허구한 날 '뭐라구?'지."

 이씨의 연구실 문이 거칠게 닫혔고, 그날 연구실의 불은 밤새 환하게 켜져 있었다.

 밤새 연구를 하고 찾은 북어국집은 아침부터 손님들로 붐볐다.

 "자, 마셔."

 하우스 주인인 듯한 여자가 눈이 푹 들어간 노름꾼에게 술을 권했다.

 "아휴. 그것도 사내라고 좆 달고 그러면 안 되지. 나, 걔한테 고리 한번 뜯은 적 없어. 근데 이 웬수가…… 정말 재수가 없으려니까……."

거북살스러운 말도 말이지만 노기등등한 여자의 눈초리가 거슬려서 이씨는 슬그머니 옆 테이블로 자리를 옮겼다. 이씨가 옮겨 앉은 자리 위에는 오래된 브라운관 식 TV가 있었다. TV에서는 연쇄살인범의 현장 검증이 방송되고 있었다.

"여덟 번째 살인 현장에서 태연하게 범행을 재연하는 범인을 지켜보던 주민들은 치를 떨었고 희생자의 어머니는 다시 졸도, 구급차에 실려……."

낡은 TV에서 나오는 아나운서의 목소리는 분노 때문인지 노후한 스피커 때문인지 더 떨리는 듯 들렸다.

북어국이 나오자 이씨는 북어 고깃덩어리를 숟가락으로 건져 입에 넣고 우물거렸다.

'명태들도 얘길 했을까?'

이씨는 명태들은 말을 안 했을 거라는 결론을 내렸다.

바다 속에서 떠드는 것들은 고래뿐일 거라고, 어류와 포유류는 그렇게 다른 거라고 북어를 씹으면서 생각했다. 딱히 눈길을 던질 데가 마땅치 않은 이씨는 밥을 먹는 내내, 넘겨지지 않은 채 몇 달 전을 가리키고 있는 달력을 바라보았다.

달력을 넘기는 일도 말을 하는 것과 똑같다. 오늘이 몇 년 모 월 모 일이라는 게 뭐 대수인가? 바다 속에서는 날짜도 계절도 없다. 그래도 모든 것이 태어나고 사라지고 평화롭고 풍요롭고 인자하고 끝까지 인내하지 않는가?

침묵의 세계여!

북어국도 조용한 세상이다. 두부도 말이 없고 파도 말이 없고 뽀얀 국물도 침묵의 국물이다.

이씨는 말없이 북어국을 먹었다.

이씨는 말없이 북어국 값을 치렀다.

이씨는 말없이 거스름돈을 받았다.

이씨는 돈도 말이라고 생각했다.

 돈을 주머니에 넣으며, 돈을 꺼내고 넣는 주머니는 입을 닮았다고 생각했다. 그리고 언제 기회가 되면 주머니를 꿰매버려야겠다고 생각했다. 그것은 아내에게 복수하는 일이기도 했다.

 북어국집을 나오니 도로엔 차들이 가득했다. 소싸움을 하듯 버스들이 머리를 들이밀고 그 사이사이로 닭들이 쫓기듯 오토바이들이 앙칼진 소리를 내며 달렸다. 차들도 말이 많았다.

'말들이 많다.'

'말들이 많다.'

이씨가 이 말을 속으로 되뇌며 길을 걷는데 신발 밑창에 갑자기 접착제가 붙은 것처럼 땅에 붙었다. 얼마나 갑작스럽게 붙었는지 왼쪽 신발은 완전히 붙었는데 오른쪽 신발은 끝만 붙어 있었다. 그래서인지 멀리서 보면 계속 움직이는 사람처럼 보였다. 그러나 이씨는 꼼짝하지 않고 있었다. 눈동자도 영국 근위병처럼 움직이질 않았다. 숨은 코 끝에만 조금 달려 있고 살아 있는 증거로는 차들이 지나가면서 먼지를 풍기면 가끔 움직이는 눈꺼풀 정도였다.

 외모는 이렇게 갑자기 동상이 돼버렸지만 이씨의 몸 안에서는 새 세상이 열리기라도 하듯 환호성이 울려 퍼지고 있었다.
 "말을 없애자."
 "침묵은 금이다."
 "말은 똥이다."
 "조용할 권리를 달라."
 그런 고함소리 뒤로 심지어 "이씨! 이씨!" 하고 연호하는 소리도 들렸다. 이씨는 자신도 모르게 웃고 있었다. 웃는 입술 사이로 침이 흘러나왔고 이씨가 발을 떼면서 처음

한 일은 웃음을 거두며 침을 닦는 일이었다.

그 후로 이씨는 말을 없애는 기계를 발명하는 데 모든 시간과 본인의 침묵마저도 갖다 바쳤다. 이씨는 이제 누구와도 즐겁게 이야기를 하곤 한다.

"하하하, 조금만 기다리세요. 됩니다. 바다 속 같은 세상을 곧 만들어드리겠습니다."

이씨의 웃음소리가 고래 배 속에서 울려 나오는 것 같았다.

드디어 첫 번째 기계가 완성되었다. 옛날 축음기의 혼같이 생긴 나팔이 사과상자 위로 솟아 있었는데 이씨는 그 기계를 '길자'라고 불렀다. 길자는 이씨의 아내 이름이다.

이씨는 연구실 안에서 우선 실험을 했다. 전원을 넣자 "윙~" 하는 소리가 울렸다. 그러나 '길자'가 정상적으로 작동하자 소리가 사라졌다. 자기 목소리를 자기가 삼킨 것이다. 성공의 조짐이 보이자 이씨가 침을 삼켰다. 그의 목젖이 크게 움직이게 보였음에도 연구실 안에서는 아무 소리도 들리지 않았다.

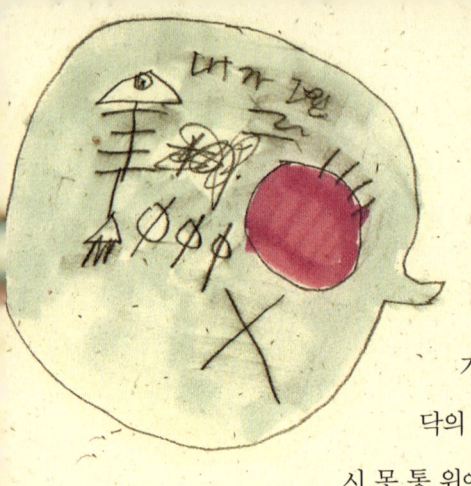

침 삼키는 꼴깍하는 소리도 사라진 것이었다. 이씨는 망치를 하나 들었다가 떨어뜨렸다. 망치가 바닥의 철판 위에서 튕겨 올라 다시 못 통 위에 떨어졌는데도 깃털 떨어지는 소리도 나질 않았다. 이씨는 스스로도 놀라 이번에도 신발이 바닥에 딱 붙은 채로 숨만 가늘게 쉬고 눈만 껌벅거리고 있었다.

이씨가 정신을 가다듬고 첫 번째로 한 소리는 "이런 세상……"였다. 물론 이 소리도 세상에 나오지는 못했다. 이씨는 뒷걸음질로 연구실 문을 열고 나와 계속 걸어갔다. 그러나 눈은 계속 '길자'를 보고 있었다. 여남은 발짝 뒷걸음쳐 갔지만 마치 자신이 귀머거리가 된 것같이 아무 소리도 들리지 않았다.

그러나 한 발짝 더 딛자마자 세상 소리가 천둥소리처럼 쏟아져 들어왔다. 이씨는 서둘러 고개를 앞으로 디밀었다. 다시 침묵의 세계였다. 이씨는 연구실로 뛰어 들어가 긴

줄자를 가지고 거리를 재기 시작했다. '길자'로부터 9미터 정도까지 말없는 세상이었다. 이 거리는 연구실의 두 배 정도밖에 안 되는 거리였다.

말없는 세상을 만들기에는 턱없이 짧은 거리였다. 그래도 어느 정도의 성공에 힘입어 이씨는 그 전보다도 더 연구에 박차를 가했다. 연구가 진행될수록 이씨는 더 경쾌해졌다. 그러나 자기가 하는 일에 대해선 점점 더 과묵해질 수밖에 없었다.

이씨가 두 번째 기계를 완성했을 때 처음으로 놀란 사람은 길자였다. 눈물, 콧물로 범벅이 돼서 연구실 문을 박차고 들어와서 통곡을 하는데 그 이유인즉슨 자기와 아이들이 모두 벙어리가 됐다는 것이다. 물론 귀머거리도 됐으니 이 노릇이 어찌 된 거냐고 이씨를 잡고 하소연을 하는 것이었다. 이씨는 기계의 성능을 알고 싶었던지라 되물었다.

"어디 있었는데?"

틀림없이 서방이 말을 하는데 하나도 안 들리니 길자는 더 큰 소리로 울 수밖에 없었다. 한참 울다가는 자기가 우는 소리도 안 들리는 바람에 억울해서 더 울고, 자꾸 뭐라

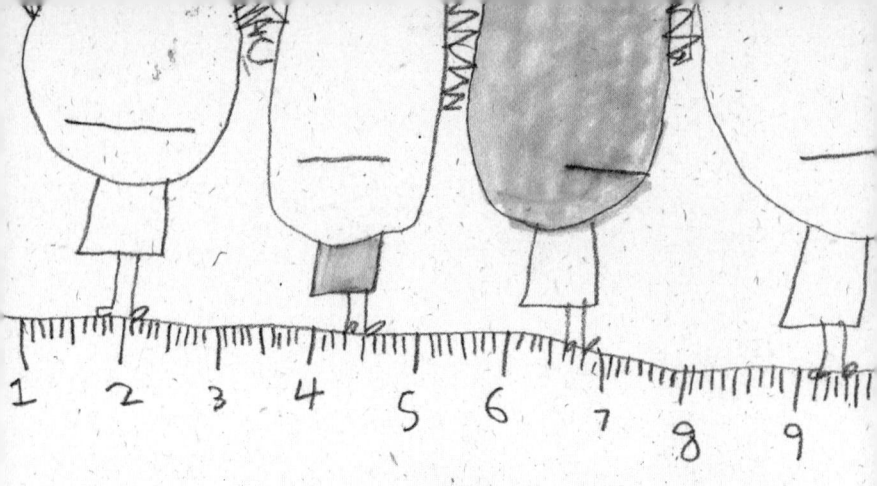

고 묻는 신랑을 보니 더 미칠 지경이었다. 근데 가만히 입 모양을 보니 알 듯도 해서 울음을 그치고 이씨의 입을 자세히 보았다. 그러고는 금세 알아차리고 목청껏 "부엌!" 하고 외쳤다. 물론 그 말은 세상에 나오지 못했다.

그때 갑자기 이씨가 일어나 춤을 추었다. 어리둥절해진 길자가 다짜고짜 일어나 이씨의 따귀를 후려갈겼다. 그래도 이씨는 덩실덩실 춤을 추었다.

"부엌이라면 여기서 20미터는 된다는 얘긴데……."

그날 일로 길자도 이씨가 하는 연구를 알게 됐지만 오히려 더 미친 사람 취급만 할 뿐이었다. 이씨는 이번에는 100미터에 도전해보기로 했다.

　기계는 점점 커져서 이젠 거의 연구실 전체를 차지했다. 원래 꼼꼼한 성격인 데다 방법을 터득하고 나니 출력을 높이는 일은 그다지 오래 걸리지 않았다.

　드디어 세 번째 '길자'가 완성된 날은 나들이 가는 사람들과 가족 단위로 식사를 하거나 친구들과 어울리는 사람이 많은 주말이었다.

　그날 저녁 6시쯤 밥상을 물리고 연구실로 들어간 이씨는 '길자'의 메인 스위치를 올렸다. 안방에서 들려오던 TV 소리, 옆집 가구점의 망치 소리, 차 소리, 저녁나절이면 "계란이 왔어요, 계란. 싱싱하고 굵은 계란이 왔어요" 하고 외치던 트럭 행상의 소리까지 깨끗이 사라졌다.

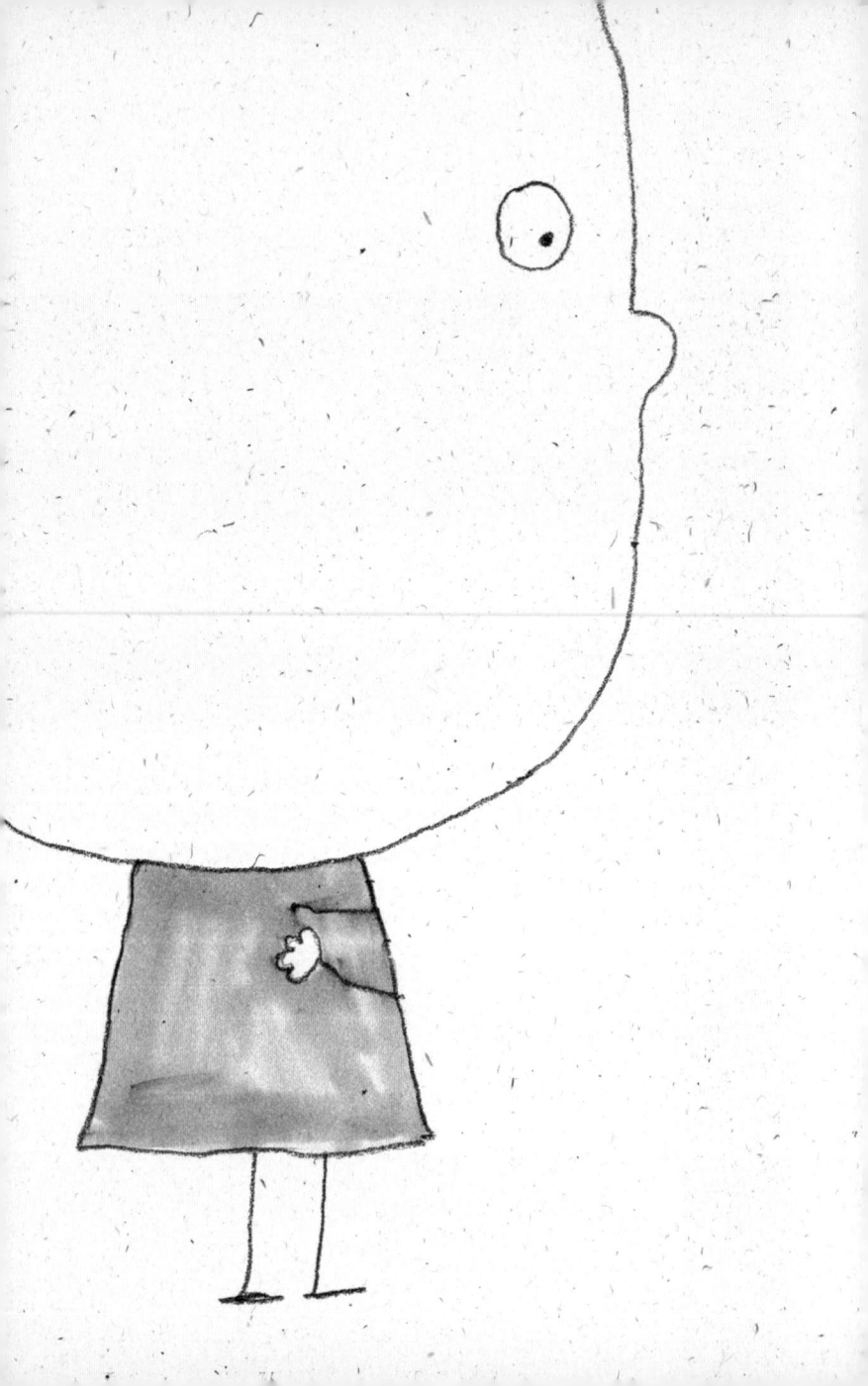

이씨는 또 망치를 들어 천장으로 던졌다. 망치는 높이 떠올랐다 철판 위에 떨어졌다 다시 튀어 올라 이번에는 못 통이 아니라 그 옆의 빈 소주병을 깼다. 하지만 아무 소리도 없었다. 이씨는 '길자' 설계 도면이 놓여 있는 책상 위로 발을 올려놓고는 흐뭇하게 미소를 지었다. 그때 휴대폰 문자가 떴다. 휴대폰을 열어보니 길자에게서 온 문자였다.

웬수야 TV 좀 보게 그놈의 기계 좀 꺼

이씨는 빙긋이 웃으며 '길자'의 스위치를 내렸다.
이씨는 그날 밤 내내 '길자'를 켰다 껐다 하기를 반복했다. 옆집 개가 짖어도 켜고, 자동차 경적 소리만 들려도 켜고, 구급차 지나가는 소리, 불자동차 지나가는 소리, 귀에 거슬리는 소리가 들리기만 하면 '길자'를 켰다.

이튿날 이씨는 연구실에서 나와 하품을 하며 거실로 들어가 TV를 켰다. TV에선 뉴스가 흘러나오고 있었다. 차들이 엉켜 있고 어떤 사람이 들것에 실려 가면서 인터뷰를 하고 있었다.

"갑자기 아무 소리도 안 들렸어요."

카메라는 유치장 철장 안의 선하게 생긴 청년을 비추고 있었다.

"갑자기 아무 소리도 안 들렸다구요. 진짜예요."

환불 소동이 벌어진 극장 앞에선 아직도 사람들이 농성 중이었다.

이씨는 TV를 끄고 다시 연구실로 돌아왔다. 이씨는 지금 37킬로미터* '길자'에 도전 중이다. 이씨는 서울 한복판에 산다.

---

* 서울 동서간 거리는 36.78킬로미터다.

숲으로 간 죠죠

나는 달콤한 소보로 빵 색깔의 얼룩무늬 반점이 눈처럼 흰 털 사이에 번져 있는 아기 고양이다. 내가 태어난 곳은 주택가 사이에 쓰레기가 쌓여 있는 빈터의 멜론상자 안이었다.

모두 여섯 형제가 태어났는데 다섯째 노미는 태어난 지 사흘째 되는 날 그만 세상을 떠나고 말았다. 아빠 고양이 쿠쿠와 엄마 고양이 모로는 아기들이 태어나자 매일 하나씩 이름을 지어와 형부터 이름을 붙여주었다. 이름을 지어주는 고양이는 위대한 예언가라는 뜻의 마쑨타라고 불리

는 붉은색 털을 가진 고양이였다. 그렇게 해서 큰형은 아치, 둘째형은 글롬이란 이름을 얻게 되었고 사흘이 되던 날 내 바로 위의 누나 슈슈가 이름을 얻었고 나는 네 번째이기 때문에 나흘째 돼서야 이름을 가질 수 있었다.

나는 처음부터 나의 이름이 좋았다. 그 다음 내 동생 이름으로 받아온 것이 노미였는데, 아빠는 그냥 막내에게 그 이름을 주자고 했지만 엄마가 그저께 죽은 다섯째에게도 이름을 지어주고 싶다고 해서 죽은 동생이 노미가 되고 막내는 새로 이름을 지어 징요라고 불리게 되었다. 징요는 작은 불꽃이라는 뜻이라고 했다.

멜론상자는 비좁았지만 우리 여섯 식구가 살기에는 그럭저럭 괜찮았다. 왜 여섯 식구라고 했냐 하면 아빠는 한 번도 우리랑 잠자리를 같이한 적이 없었기 때문이다. 아빠는 친구들과 함께 산속에서 잠을 잤다. 엄마는 새벽녘이나 해가 떨어져 나뭇잎 색깔이 쥐구멍 색깔과 같아지면 잠시 외출을 하곤 했다. 아마 그때 어디 가서 뭘 먹고 오는 모양이었는데 우리는 엄마가 뭘 먹는지 몰랐다. 하여간 엄마가 돌아오면 우리는 달려들어 젖을 빨았는데 둘째형 글롬은 얼마나 기운이 센지 젖이 제일 잘 나오는 쪽은 늘 둘째형 차지였다. 오른쪽 두 번째 젖이 제일 많이 나왔는데 내가 그걸 차지했더라도 글롬이 들이닥치면 양보하고 나는 다른 젖을 물어야 했다. 엄마 젖은 항상 모자랐다.

엄마는 늘 슬픈 눈으로 젖을 빠는 우리를 바라보다 잠들곤 했다. 엄마 젖이 말라버려 더 이상 나오지 않을 때도 글롬 형은 젖에 매달려 있었지만 아치 형과 나는 멜론상자에서 나왔다. 민들레는 벌써 홀씨를 날려버렸고 덩굴장미가 빨간 초여름의 폭죽을 터뜨리고 있었다.

한 걸음 내딛을 때마다 장애물이 나타났다. 컵라면 용기

한쪽 끝을 밟았더니 그 스티로폼 용기가 몽달귀신같이 벌떡 일어나는 바람에 심장이 뚝 떨어졌다. 쓰레기장엔 온갖 것이 다 있었다. 부서진 침대, 부엌 장, 빨래걸이, 문짝, 변기, 수도꼭지, 궤짝, 신발, 돌리면 바퀴가 반짝반짝하는 인라인스케이트, 하지만 먹을 것은 하나도 없었다. 나는 집에서 너무 멀리 떨어진 게 아닐까 두려워 형한테 물었다.

"형, 집에 찾아갈 수 있어?"

"응, 걱정 마."

아치 형의 대답이 끝나기도 전에 우리 머리 위로 부서진 창틀이 곧바로 날아왔다. 나는 눈을 꼭 감았다. 요란한 소리가 나더니 창틀이 멈췄다. 모기장이 붙어 있는 창틀 사이로 잘게 잘린 하늘이 모래처럼 쏟아져 들어왔다. 우린 위기를 넘기고 그날은 더 이상 가지 못한 채 집으로 돌아왔다.

녹슨 깡통에 기어오르는 작은 딱정벌레 한 마리.

부서진 블록 사이로 몸을 감추던 노리개.

그리고 버르장머리 없는 날파리가 한 서너 마리 될까? 우리가 만난 건 그게 전부였다. 집에 돌아오니 배가 너무나 고팠다. 코로 엄마 젖을 아무리 눌러도 젖은 한 방울도 나오지 않았다. 배가 고픈 채로 잠이 들면 그날은 꿈이 더 요란했다. 나는 얼마 전에 들은 마술고양이 꿈을 꾸었다.

지방또라는 마술고양이는 보석이 달린 재킷을 입고 구슬공이 달린 지팡이를 들고 나타나 마술을 부리는데, 하지와 동지 그렇게 일 년에 두 번 마술을 부린다고 했다. 하지에 하는 마술은 '레꾸니앙'이라는 마술로 사람들이 모두 잠든 대낮에 낮을 잠깐 걷어버리는 것이었고 동지에 하는 마술은 '옹꾸니'라고 하여 밤에 살짝 밤을 걷어버리는 마술이었다.

레꾸니앙은 흰 망토를 걸치고 했는데, 옷소매에서 잡아 뺀 검은 천으로 태양을 가리고 마술 봉에서 나온 별가루를 확 뿌리면서 단 한 번의 손놀림으로 달을 만들어내는 요술이었다. 가끔 낮잠을 자고 났는데 마치 아침인 것 같은 착각을 할 때가 있는데 그것은 레꾸니앙이 막 끝날 즈음에 잠이 깼기 때문에 나타나는 현상이다.

비슷한 마술인 옹꾸니는 검은 옷을 입고 하는데, 커다란 칼로 밤을 가른 다음 태양이 있는 쪽을 걷어 내리면 순식간에 황금빛 햇살이 쏟아져 들어와 모든 고양이들이 한밤중에 불꽃파티를 하게 된다. 잠자던 사람들 중에 한 사람이라도 잠이 깨면 옹꾸니는 끝이 났다. 그즈음에 깬 사람은 한밤중에도 대낮인 줄 알고 돌아다녀서 몽유병 환자처럼 보이기도 한다.

어쨌든 나는 그날 레꾸니앙 마술을 하는 꿈을 꾸었다. 꿈에서 깨어나니 아직도 벌건 대낮이었다. 엄마와 글롬 형은 어디 가고 아치 형, 슈슈 누나, 그리고 막내동생 징요가 서로 포개져 자고 있었다. 징요는 자면서도 가끔 젖 빠는 흉내를 냈다.

멜론상자 안은 뜨거운 열기로 가득 차기 시작했다. 그렇

다고 함부로 나갈 수도 없는 일이었다. 나는 문 앞에 엎드려 앞발을 쭉 뻗어보았다. 아무리 봐도 멋진 발이었다. 털이 복슬복슬한, 약간 뭉뚝한 발은 아무리 귀가 밝은 토끼라도 눈치 채지 못할 정도로 소리 없이 걸을 수 있다. 나는 발톱을 쏙 내밀어보았다. 아직은 거의 투명할 정도로 연한 발톱이지만 모양만 봐도 안심이 되었다. 나는 태양이 내 발을 탐낸다는 걸 안다. 나는 발을 멜론상자 안으로 끌어들였다. 햇살도 따라 들어왔다. 나는 조금 더 뒤로 들어갔다. 햇살은 더 들어오지 못하고 문 뒤쪽에 그림자를 만들었다. 배가 고팠다. 그리고 다시 졸음이 쫓아왔다.

 잠을 깨니 엄마가 와 있었다. 나는 허둥지둥 엄마 젖을 물었다. 왼쪽 두 번째 젖꼭지를 물고 있다 보니 글롬 형 차지였던 오른쪽 두 번째가 비어 있었다. 나는 재빨리 그쪽으로 자리를 옮겼다. 역시 오른쪽 두 번째였다. 내가 코로 서너 번 꾹꾹 누르자 달콤한 젖이 흘러나왔다. 마치 입안에서 옹꾸니 마술이 벌어지는 것 같았다. 이렇게 맛있는 걸 만들 수 있는 건 지방또밖에 없을 거야. 그러나 누가 벌써 눈을 떠버렸는지 마술은 끝났다. 젖은 더 이상 나오지 않았다. 슈슈 누나가 젖꼭지에서 떨어지며 엄마에게 물었다.

"글롬 오빠 어딨어?"

"……."

엄만 대답 대신 멜론상자 지붕을 처다보았다. 낮에도 그렇지만 밤에도 집 안보다는 바깥이 더 밝았다. 밑에서 올려다본 엄마의 모습은 스핑크스처럼 커다란 검은 슬픔덩어리였다. 엄마가 아주 낮은 목소리로 얘기를 시작했다.

"슬퍼하지 마라. 이 세상엔 아주 짧은 밤이 있는 낮과 아주 짧은 낮이 있는 밤이 있단다. 글롬 오빠는 아주 짧은 낮이 있는 밤이었나 보다. 누구나 왔던 곳으로 반드시 돌아가게 된다. 어디서 왔는지를 잊지 않고 사는 것이 가장 중요하단다. 연이 연줄이 없으면 날 수 없듯이 숙명은 우리에게 연줄 같은 거란다."

엄마가 말을 마치고 났어도 아주 짧은 순간이지만 멜론상자 안엔 약간의 울림이 남아 있었다. 글롬 형의 죽음을 받아들일 수 없다는 혼란스러움이 아직 남아 있는 것 같았다. 하지만 쥐가 꼬리를 감추는 시간이 흐르기도 전에 멜론상자 안엔 납 같은 침묵이 흘렀다. 태어나서 처음으로 배고픈 것을 잊었다. 슈슈 누나는 입구에 나가 앉아 별을 보고 있었다. 멀리 조그만 별 하나가 태어나는 게 보였다. 우리는 그 별을 글롬 별이라고 이름 지었다.

이튿날 아침 참새들이 수군거리는 소리에 잠에서 깨어났다.

"자동차는 정말 무서워. 엊저녁 저 길에서 작은 고양이 한 마리가 또 치였잖아."

죽은 고양이의 날인 어제와 산 고양이의 날인 오늘이 너무나도 똑같은 게 나는 잘 이해가 되지 않았다.

오늘은 아치 형과 쓰레기산을 넘어 학교 앞에 있는 애견

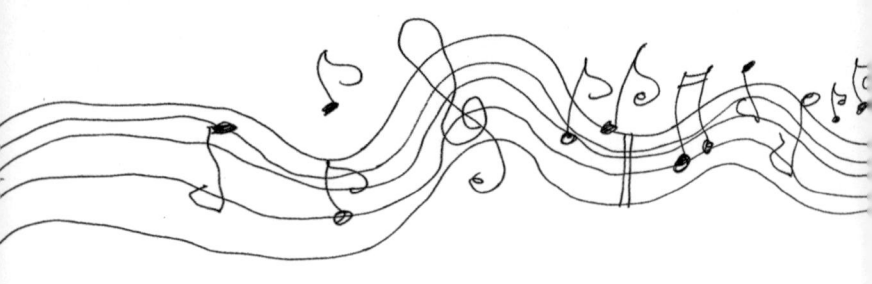

천국까지 가보기로 했다. 애견천국은 동물병원이었는데 강아지들이 새끼를 분만하기도 하고 다친 동물들이 치료를 받으러 오기도 하고 강아지나 고양이를 팔고 사는 곳이기도 했다. 형하고 나는 그 집 앞에 있는 빨간색 우체통 옆에서 어슬렁거리며 구경을 했는데 들창코 시추가 얼마나 짖어대는지 주인 보기 민망해서 자리를 떴다. 개들은 하여간 소란스럽다.

돌아오는 길에 내가 배고프다고 하니까 아치 형이 아구찜집 쓰레기통을 뒤져보자고 했다. 얇은 비닐봉지를 뜯으니까 매운 냄새와 콩나물이 쏟아졌다. 아구 뼈다귀를 씹어봤지만 혀에 불이 나는 것 같아 못 먹고 돌아서는데, 주방 뒷문이 열리더니 웬 뚱뚱한 아줌마가 고래고래 소릴 지르며 물바가지를 내둘렀다.

"이놈의 도둑고양이들!"

 우리는 누명만 쓰고 물을 뒤집어쓴 채 달아났다. 아무것도 못 먹고 뜀박질만 하니까 배가 더 고팠다. 우리는 덥기도 하고 털 손질도 해야 되고 해서 멈춰 서 있는 검은색 승용차 밑으로 기어 들어갔다. 몸을 떨어 대강의 물기를 털어낸 다음 앞발부터 차근차근 털 손질을 해나갔다. 혀로 앞발을 핥다가 이 발이 꽁치였으면 얼마나 좋을까 하고 생각해보았다.

 "배고픈 고양이는 싫어. 배부른 고양이가 좋아" 하는 동요를 계속 불렀다.

 어린 고양이들은 대개 말을 배우기 전에 노래를 먼저 배운다. 그중에서 제일 많이 부르는 노래가 〈배고픈 고양이는 싫어〉이고 그 밖에 〈주룩주룩 비가 오네〉 〈나뭇잎 사이의 달〉 〈초록 꽁치〉 〈쥐야 쥐야〉 등이 있었다.

1절부터 4절까지 네 번쯤 부르니까 털 손질이 거의 끝났다.

우리는 차 밑을 빠져나와 학교 담장을 타고 다시 집으로 돌아왔다. 오다가 시커멓고 덩치가 산만 한 시궁쥐를 만났는데 어찌나 으스스하게 생겼는지 온몸의 털이 다 섰다. 아치 형은 그래도 덤벼보려고 했는데 꼬랑지 길이만 해도 우리 몸통만 하니 어찌 해볼 도리가 없었다. 나는 형 뒤에서 〈쥐야 쥐야〉를 죽을힘을 다해서 불렀다. 그때 나는 그 가사가 어린 고양이에게는 안 맞는다는 걸 알았다.

"귀엽고 통통한 쥐야. 너의 갈 길을 묻는 나에게 부드러운 눈빛을 보여줄 수 있겠니?" 하는 대목인데 저놈의 시궁쥐는 귀엽지도 않을 뿐 아니라 이빨이 얼마나 억세게 생겼는지 한번 물리면 곧장 애견천국으로 가야 할 판이었다. 우리는 뛰어서 도망가고 그 쥐는 어슬렁거리면서 굴속으로 들어가버렸다.

집에 도착하니 슈슈 누나가 징요와 함께 턱을 땅에 대고 힘없이 엎드려 있었다. 우리가 멜론상자 안으로 들어가려 하자 할 수 없이 조금 비켜서면서 슈슈 누나가 혼잣말같이 중얼거렸다.

"대책이 없어."

나는 그 말을 딱 한 번 들었는데, 한밤중에 아빠가 엄마랑 얘길 하다가 그 말을 하고 바깥으로 나가버렸기 때문에 "안녕"이나 "잘 자"처럼 무슨 인사말인 줄 알았다. 그런데 형하고 내가 돌아오자마자 누나가 그 소리를 하기에 나는 의아해서 물었다.

"누나, '대책이 없어'가 무슨 말이야?"

"'대책'이 '없다'는 말이야."

"뭐가 없다구?"

"대책이 없다구."

"'대책'이 뭔데?"

"'대책'은…… 응…… 지붕 같은 거야. 지붕이 없으면 비를 맞지. 그러니까 대책이 없으면 지붕이 없는 거고 그러면 비가 오면 비를 맞는 거야."

"그럼 비가 안 오면 지붕이 없어도 되니까 대책이 없어

도 되는 거겠네."

"그렇지. 근데 제일 큰 대책은 먹을 것이야. 비는 가끔 오지만 배는 항상 고프잖아. 쥐, 개구리, 벌레, 뱀, 나비, …… 넌 뭐가 제일 먹고 싶니?"

"나는 도마뱀."

"맞아, 그것도 다 대책이야. 그런데 그런 게 하나도 없어서 '대책이 없다'고 그런 거야."

누나는 반쯤 감긴 눈으로 웽웽거리는 날파리를 쳐다보고 있었다.

그때 엄마가 쓰레기더미 위로 불쑥 솟아나왔다. 입에는 커다란 개구리가 버둥거리고 있었다. 우리는 실로 며칠 만에 맛있는 저녁식사를 했다. 너무나 행복해서 잠도 오질 않았다.

아치 형과 나는 꼬리밟기 놀이인 쿰보쿰보를 하고 엄마는 슈슈 누나와 징요에게 기품 있게 걷는 자세를 가르쳐주었다. 사실 우리 고양이들에게 걸음걸이는 교양의 척도다. 모든 사냥의 기초일 뿐만 아니라 혈통의 상징이기도 하다.

우리 집 혈통은 대단한 것은 아니었다. 그래서 엄마는 슈슈 누나와 징요에게 하얀등대족의 걸음걸이를 연습시켰다.

누나는 금방 따라 하긴 했는데 아직도 고개가 좀 처진다고 몇 번씩 다시 걸어보곤 했다. 막내 징요는 앞다리가 벌어져서 도대체 자세가 나오질 않았다.

"그렇게는 개도 걷겠다."

얼마나 속 터졌으면 엄마가 그런 심한 말을 했을까.

징요는 눈물을 뚝뚝 흘리며 걸음걸이 연습을 했지만 우리가 봐도 영락없이 푸들의 걸음걸이였다.

우리는 막내를 징요라고 안 부르고 주로 별명인 팅요라고 불렀는데, 징요는 작은 불꽃이라는 뜻이고 팅요는 치와와나 말티즈같이 작은 개를 일컫는 말이었다.

"팅요라 팅요라 팅팅요 팅요, 팅요 팅팅요."

형과 나는 쿰보쿰보를 하면서 박자에 맞춰 팅요 노랠 즉석에서 지어 불렀다. 듣다 못한 엄마가 한말씀 하셨다.

"고양이는 남의 상처를 가지고 놀리지 않는다. 나의 상처는 명예지만 다른 고양이의 상처는 나의 수치다. 이제 징요를 그만 놀려라."

엄마는 꼬리로 가볍게 징요의 눈물을 닦아주었다.

우리가 징요를 놀리기는 하지만 나는 이 세상에서 가장 귀여운 고양이를 꼽으라면 단연코 징요를 꼽을 것이다. 앞발을 모으고 엎드려 자는 모습을 보고 있노라면 어느덧 멜론상자 입구의 해그림자가 왼쪽에서 오른쪽으로 가 있었다. 한마디로 하루 종일 보고 있어도 싫지가 않았다.

징요는 깨어 있는 시간보다 자는 시간이 더 많았다. 깨어 있을 때도 우리처럼 신나게 놀거나 하기보단 골똘히 무슨 생각을 하는 것처럼 느릿느릿 기어 다녔다. 엄마는 그런 막내를 놀리는 우리를 나무라시지만 솔직히 우리는 징요를 어떻게 하면 웃게 만들까 하는 배려로 오히려 막내 앞에서 재롱을 부리는 것이었다. 서로 말은 안 했지만 징요가 곧 우리 곁을 떠나갈 거라는 걸 엄마를 비롯해서 우리 식구 모두 알고 있었다. 엄마는 좋다는 약초 뿌리를 캐오기도 하고 애견천국에 입원이라도 시킬 수만 있다면 무슨 짓이라도 할 수 있었지만, 사람 세계에 편입되지 못한 동물들에게 자비는 내리지 않았다.

징요는 고양이 류케미아에 걸렸다. 이제는 젖 빠는 흉내도 내지 않는다. 마른 들풀처럼 거칠어가는 털은 더 이상 윤기가 흐르지 않는다. 서서히 꺼져가는 작은 생명의 불꽃, 징요. 엄마는 몇 번이나 징요를 발로 세웠지만 징요는 헝겊 인형처럼 쓰러졌다. 우리는 목에 통나무가 박힌 것처럼 울음을 참았다.

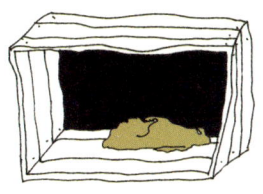

징요가 떠나자 멜론상자 안은 아주 깊은 침묵에 빠져들었다. 형과 나는 더 이상 쿰보쿰보를 하지 않았다. 무거운 침묵을 누르듯 쓰레기는 점점 더 높이 쌓여갔다. 쓰레기산의 높이는 우리가 태어났을 때의 거의 두 배 가까이 되었다. 아무리 쓰레기가 많아도 먹을 것은 하나도 없었다. 간혹 삼치구이를 덮었던 신문지에서 나는 비린내가 전부였다.

나는 이다음에 죽어서 불가사리가 되기로 결심했다. 왜

냐하면 불가사리라면 이 쓰레기더미 속에서도 얼마든지 먹을 것을 찾아낼 수 있으니까. 어둠이 그 자체로서 있는 것이 아니라 빛이 없는 것이 어둠이듯이, 절망도 그 자체가 있는 것이 아니라 희망이 없는 것이 절망인 것이다. 징요의 죽음도 우리로부터 희망을 빼앗지는 못했다. 징요의 모습은 아침이 올 때마다 조금씩 바래갔다. 나는 징요의 모습을 점점 잊는다는 것이 슬퍼서 매일 밤 잠들기 전에 징요가 자던 모습을 생각해놓고 잠에 빠져들었다. 하지만 날이 갈수록 윤곽선이 희미해졌다. 제일 먼저 코 오른쪽에 난 수염 중에 첫 번째 것이 제일 길었는지 세 번째가 길었는지 까먹었다. 그리고 귀가 뾰족했는지 뭉뚝했었는지도 점점 희미해지고 한 보름쯤 지나니까 전체적인 윤곽은 기억이 나는데 발 포갠 모습이나 털의 윤기 정도, 눈, 코, 입의 정확한 선은 기억나는 게 없었다. 고양이의 기억력이 나쁜 게 아니라 매일매일 내리쬐는 햇빛이 너무 눈부셨기 때문이다.

희망은 언제나 절망을 몰아낸다. 하얀등대족은 모든 고

양이들의 희망이었다. 활화산 비슈오탕산이 있는 간니섬은 아름다운 화산섬이었다. 밤에는 멀리서도 빨간 용암을 볼 수 있고 낮엔 검은 화산암들이 햇빛에 반사되어 하얗게 보여 하얀등대섬이라 불렸다. 더군다나 아주 드문 예외가 있긴 해도 하얀등대족은 대부분 흰 고양이였다. 초록 나뭇잎 사이로 팔색조나 빨간 앵무가 날고 고동색 나무뿌리와 이끼 낀 카키색 바위 위로 하얀등대족이 지나가면 정말 그렇게 아름다울 수가 없었다.

하얀등대족은 한 고양이도 빼지 않고 다 이름이 있었다. 우리도 그걸 본받아 아빠 엄마가 이름을 지어준 것이다. 사실 내가 좀 창피하게 생각하는 부분이기도 한데, 내 이름 죠죠는 오래전 하얀등대족의 왕 이름이었다. 그래서 내 이름을 누가 물었을 때 "나는 죠죠입니다" 하고 대답하는 게 여간 쑥스러운 일이 아니었다. 어쨌든 하얀등대족은 모두 다 이름이 있었던 반면에 대부분의 도둑고양이들은 이름 없이 그냥 닝수라고 불렸다. 닝수는 떠돌이란 뜻이다. 이름이 있는 고양이라도 하는 일 없이 만날 빈둥거리기만 하면 '닝수'라고 불렀다. 그래서 "닝수 같아" "닝수 같은 고양이", 이런 말은 나쁜 말에 속했으며 하얀등대족 사이에서는 절대 그런 말은 쓸 수가 없었다. 하얀등대족은 명예를 가장 높은 덕목으로 쳤다.

하얀등대족 새끼고양이들은 태어난 지 일주일만 지나면 걸음걸이를 배웠으며 예절에 대해서도 배웠는데 고양이 사이에서뿐만 아니라 꽃, 나무, 새, 풀벌레와 구름, 파도에게도 예의를 갖추도록 교육받았다. 다른 족속들과는 다른 하얀등대족들만의 행동은 일일이 열거할 수 없을 만큼 많

은데 그중에서도 제일 눈에 띄는 것이 아침에 일어나자마자 하는 스트레칭이다. 대부분의 고양이들은 앞발을 최대한 앞으로 하고 등뼈를 아래쪽으로 휘게 하여 스트레칭을 하는 반면에 하얀등대족은 네 발을 가까이 모으고 척추의 중간 부분을 하늘로 치솟게 하여 곱사등이같이 스트레칭을 했다. 여러 마리가 한꺼번에 스트레칭을 하고 있으면 마치 발레를 하는 것 같았다.

하얀등대족이 모든 고양이의 희망인 것은 단지 그들의 걸음걸이가 우아하고 명예를 존중하기 때문만은 아니었다. 그들에겐 내일이 있었다. 대부분의 다른 고양이들은 오늘을 살지만 하얀등대족은 내일을 위해 살았다. 그들 사이에 전해 내려오는 오래된 격언 중에 "오늘은 단지 내일의 종일 뿐이다"라는 말이 있다. 그만큼 하얀등대족은 미래를 꿈꾸며 살았다. 비슈오탕산이 폭발해서 섬의 절반 이상이 불바다가 되었어도 그들은 절망하지 않았다. 그들의 목을 똑바로 세운 우아한 포즈는 먹잇감을 바라보는 자세라기보다는 내일을 바라다보는 자세라는 게 옳다.

그러나 아름다운 간니섬은 멜론상자 하나로 간신히 버

티고 있는 이 쓰레기산과는 환경이 달라도 너무 달랐다. 벌써 사흘을 아무것도 못 먹었는데 내일을 살라는 건 우리에겐 무리였다. 아치 형이 개미를 핥았는데 혀를 물렸는지 퉤퉤거리며 괴로워했다. 여름 해는 점점 뜨거워지고 멜론 상자 안은 열기로 꽉 차 있어 마치 공기가 붉은색인 것 같았다. 나는 더워서 밖으로 나왔다. 그늘진 주택가 담장을 따라 천천히 걸었다. 걷지도 않으면 허기가 나를 뜯어먹을 것 같았다. 담장 너머에선 커다란 개가 마구 짖고 있었다. 그러나 그 소리도 아련하게 들렸다.

"아빠, 아빠……."

왜 불렀는지 모르겠는데 나는 아빠를 부르고 있었다.

그때 눈앞에 까만 생쥐 한 마리가 하늘에서 떨어진 것처럼 나타났다. 크기는 내 앞발 두 개를 합쳐놓은 것만 하고

기름이 잘잘 흐르는 아주 먹음직스런 생쥐였다. 쥐 사냥은 원래는 발로 하는데 나는 일격에 제압을 하고 싶어 입을 크게 벌리고 목덜미 부분으로 몸을 날렸다.

"꽈당!"

앞니가 무엇에 심하게 부딪히는 것 같았다. 정신을 수습해서 자세히 보니 그 쥐는 꼬리가 없었다. 꼬리만 없는 게 아니라 털도 없는 민둥산이었다. 내가 덥석 문 것은 주먹만 한 까만 돌멩이였다. 시큼시큼하고 흔들거리는 앞니는 바람이 불 때마다 심하게 아팠다. 나는 계속 아빠를 부르며 걸었다. 담장의 덩굴장미가 나를 내려다보고 있었다. 꽃이 참 아름다웠다. 하얀등대족이 꽃을 만나면 하는 인사가 있다.

"메로 뿌슈!"

'메로 뿌슈'는 '꽃님 안녕'이란 뜻이다.

나는 그 덩굴장미 담장이 끝날 때까지 고개를 들지도 않고 나지막하게 '메로 뿌슈, 메로 뿌슈' 하며 걸었다. 얼마를 걸었을까. 갑자기 세상이 하얘지며 나는 정신을 잃었다. 누가 나를 데리고 왔는지 눈을 떠보니 애견천국이었다.

나는 링거액을 맞고 있었다.

"아이고, 저 고양이 살아났네."

개들이 마구 떠드는 소리가 들렸다.

"사흘 동안이나 죽은 것같이 있더니 정말 다행이다."

'내가 여기 사흘이나 있었단 말야?'

나는 허겁지겁 집을 향해 달렸다. 어찌 된 건지 기운이 펄펄 솟았다. 아치 형과 슈슈 누나가 얼마나 걱정을 했을까 하고 생각하니 빈손으로 집에 간다는 것이 너무 미안했다. 그래도 이렇게 멀쩡한 모습이라도 빨리 보여줘야겠다 싶어 마구 달렸다. 이제 담장 하나만 돌아서면 바로 멜론상자가 있는 쓰레기산이다. 근데 담장을 돌아서니 쓰레기산은 사라지고 포크레인이 커다란 웅덩이를 파고 있었다.

나는 맥이 쭉 빠졌다. 형하고 누나는 어디로 갔을까?

"아치 형! 슈슈 누나!"

울음 섞인 내 목소리가 골목 담장 사이에 청보랏빛으로 울렸다.

아치 형과 슈슈 누나를 부르며 걸어가는데 길모퉁이에서 또 다른 고양이가 아치 형과 슈슈 누나 이름을 번갈아 부르며 땅을 막 파고 있었다. 앞 발톱은 다 빠져서 피가 흐르고 풀을 뜯어먹어서 입에선 풀 냄새가 풀풀 났다. 엄마였다! 엄마는 레티나가 돼 있었다. 레티나는 미친 고양이라는 뜻이다. 미친 고양이는 풀을 뜯어먹는다. 엄마는 눈이 빨갛게 변해 있었고 나도 알아보지 못했다. 계속 "아치야! 슈슈야!" 하면서 땅만 팠다. 아주 구슬픈 노래 같았다. 나는 그 소리를 뒤로하고 걷기 시작했다. 엄마는 늘 누구나 떠나온 곳으로 돌아간다고 말씀하셨는데 나는 내가 떠나온 곳을 모르겠다. 걸으면 걸을수록 가까이 가는 게 아니라 무엇으로부터 점점 멀어지는 기분이 들었다. 이제 내 이름을 아는 고양이는 없다. 나는 나 죠죠로부터 아주 멀리 떠나갔다. 나는 이름 없는 고양이가 되었다.

 이름이 없어지자 마치 투명 고양이가 된 것 같았다. 전에는 모든 것이 죠죠의 것이었다. 죠죠의 아침, 죠죠의 작은 소나무, 죠죠의 슬픔과 기쁨. 그러나 이제는 죠죠와 상관있는 것은 아무것도 없다. 투명 고양이 죠죠는 마치 누구 눈에도 안 보이는 것처럼 아무 데나 쓰러졌다. 차가 마구 달리고 행인들이 지나다니는 거리의 가로등 뿌리에 누웠다. 죠죠는 이내 땅으로 스며들듯 잠이 들었다.

얼마나 흘렀을까. 차가운 비가 내리고 있었다. 갈래진 털 사이로 보이는 속살은 분홍빛이 아니라 연회색이었다. 죠죠의 발을 탐내던 햇살과 놀던 날, 글룸 형 차지였던 젖을 빨던 행복한 순간들이 주마등처럼 스쳐 지나갔다. 죠죠의 입가에 엷은 미소가 번졌다. 커다란 트럭이 지나가며 물탕을 튀겼다. 흠뻑 젖은 몸은 오히려 그 흙탕물을 비웃었다. 죠죠는 일어나려고 해보았다. 그러나 몸은 땅에 지남철처럼 붙어 있었다. 투명 고양이는 보통 고양이보다 더 가벼운 게 아니라 수십 배, 수백 배 더 무거운 것 같았다. 그때 누가 부르는 소리가 환청처럼 들렸다.

"죠죠야, 죠죠야."

하늘을 향해 있던 오른쪽 귀는 빗물이 들어갔는지 아무 소리도 들리지 않고 먹먹했는데 땅 쪽을 향하고 있는 왼쪽 귀로 가늘게 소리가 들렸다. 마치 땅속에서 들리는 것 같

왔다. 그 소리는 어떤 힘 같았다. 꼼짝도 하지 않던 발이 움직이기 시작했다.

"죠죠야, 죠죠야."

새벽빛이 담과 담 사이를 가르자 그 소리는 더 선명하게 들리는 것 같았다. 소리가 나는 담 쪽을 올려다보니 '바보, 멍청이, 준희와 세영 얼레리꼴레리' 그런 낙서만 웃고 있었다. 죠죠는 그 소리를 따라 언덕길로 계속 걸었다. 주택가가 거의 끝나는 곳, 파밭이 있고 그 주위에 호박덩굴이 얽혀 있는 축대 위에 마치 동상처럼 서서 밤새 죠죠를 부른 건 아빠 쿠쿠였다. 아빠도 밤새 내린 비에 흠뻑 젖어 있었다.

"죠죠야, 다 젖었구나. 이리 오너라."

아빠는 죠죠의 눈 주위만 대충 닦아주고 앞서서 걷기 시작했다. 밝아오는 세상과는 반대로 숲 속은 점점 어두워갔다.

"죠죠야, 이제부터 너는 숲에서 살아가야 한다. 모든 것이 불편하겠지만 이름을 잃고 사는 것보다 외로운 것은 없단다. 숲에선 이름을 간직하고 살 수가 있지. 그리고 아주 말라비틀어진 것이 아니라면 풍뎅이도 먹을 만하고……."

아빠는 더 이상 말을 하지 않고 묵묵히 걸었다. 죠죠는 뒤따라 걸으면서 주위를 둘러보았다. 고사리가 초록 잎을 살랑살랑 흔들었다.

"죠죠, 안녕?"

거미가 이슬 맺힌 거미줄을 흔들 때마다 작은 무지개들이 숲 속에 뿌려졌다.

"우리 거미들은 원래 고독하게 태어나지만 숲 속에선 외롭지 않아. 숲 속의 나방은 어찌나 힘이 센지 거미줄을 엉망으로 만들어놓을 때가 한두 번이 아니야. 그거 수리하려면 며칠씩 걸리지. 하여튼 쉴 틈이 없어."

처음 들어설 때는 숲 속이 어둡게만 느껴졌는데 조금 걷다 보니 숲 속엔 다른 빛이 가득 차 있는 걸 알 수 있었다. 숲 속에는 혼자 있는 것은 아무것도 없었다. 부전나비 떼가 우르르 지나갔다. 제비꽃 꽃잎이 바람에 흩어지는 것 같았다. 아직 덜 익은 도토리가 발 앞에 굴러 떨어졌다. 또르르 굴러가는 도토리가 마치 깔깔거리는 웃음소리 같았다. 고개를 들어보니 어느새 푸른 하늘이 나뭇잎 사이로 죠죠를 찾고 있었다. 죠죠는 힘차게 발을 내딛었다. 숲으로, 숲으로.

죠죠 그 이후

　죠죠는 아빠를 따라 숲 속으로 들어갔다. 숲은 죠죠의 연갈색 털이 검은색으로 물이 들 것만 같이 어두웠다. 몇 발자국 앞에 걸어가는 아빠가 어둠 속으로 사라졌다 다시 희미한 빛을 받으며 나타나곤 했다.

　숲이 얼마나 울창한지 한낮인데도 숲 바닥까지 내려오는 햇빛은 거의 없었다. 손바닥 반만 한 빛이 겨우 내려오더라도 금세 나무 그림자에 가려졌다. 어찌나 빛이 빨리 사라지는지 그 빛 조각들은 강물에서 물고기들이 배를 뒤집는 것 같았다. 그렇게 반짝이는 빛을 빼고는 모든 것이 무거웠다. 나방의 날갯짓도 마치 검은 물속에서 헤엄치는 것처럼 보였고 거대한 나무 밑둥치의 침묵은 숲을 더 무겁게 만들고 있었다. 가끔씩 들려오는 박쥐 키리옹카의 울음소리와 날갯짓 소리는 커다란 검은 천을 흔들어대는 것 같았다. 죠죠는 자기가 점점 작아져서 조약돌만 해지는 느낌이었다.

"죠죠야."

뒤도 돌아보지 않고 부르는 아빠의 소리는 사방에서 한꺼번에 들렸다.

"무섭지 않니?"

"안 무서워요."

죠죠가 너무 작은 소리로 대답을 해서 그 소리가 입 밖으로 나갔는지 안 나갔는지도 모를 지경이었다. 그래도 아빠는 죠죠의 대답을 들었다.

목소리가 기어들어 가는 것으로 봐서 아빠는 죠죠가 두려움에 떨고 있다는 것을 알았다.

"숲 속에서 사는 것은 어둠과 친해지는 것이란다. 한마디로 숲 속에선 무지개도 검은빛이라고 생각하면 된다. 그러나 우울해 할 필요는 없어. 익숙해지면 어둠만큼 아늑한 것도 없단다."

말소리가 끝나자 아빠가 어둠 속으로 사라진 것 같았다. 죠죠는 겁이 덜컥 나서 서둘러 몇 발짝을 떼었다. 죠죠가 숲으로 들어오기 전부터 무서울 때면 부르던 노래가 있었다. 누나한테서 배운 노래였는데 용기를 북돋아주는 가사도 가사지만 후렴구의 "깨갱 깨갱 깨갱 깽깽" 하는 다리 다친 강아지 흉내를 내며 추는 안무는 너무 웃겨서 코앞에 니콤보가 나타난다 하더라도 웃지 않을 수가 없었다. 니콤보는 고양이들이 정말로 무서워하는 괴물인데, 대패 같은 혓바닥으로 쓱 핥기만 해도 고양이 가죽이 홀라당 벗겨지는 들짐승이다.

황금 수염 고양이 나가신다. 바람처럼 가볍게
장미 덩굴 빨간 담장 위로 사뿐사뿐 걸어가지.
이슬로 떨어지는 아침 햇살 강아지들 덤불에 걸려
절뚝 쩔뚝 쫓아오네 깨갱 깨갱 깨갱 깽깽
절뚝 쩔뚝 쫓아오네 깨갱 깨갱 깨갱 깽깽

죠죠는 〈용감한 고양이〉 노래를 계속 부르며 걸어갔다.

"쿵!" 죠죠는 아빠 엉덩이를 들이받았다. 아빠는 어둠 속에 서 있었다.

"죠죠야. 여기부터가 고양이 왕국 쿤트라다. 이제부터 만나는 고양이들한테는 공손하게 인사를 하여라."

죠죠는 머리를 들어 쿤트라를 바라보았다. 수많은 별들이 반짝거리고 있었다. 어떤 별은 가로로 줄지어 서 있었고, 어떤 별들은 무리지어 포도송이같이 보이기도 했다. 그 별들은 죠죠를 바라보고 있던 고양이들의 눈이었다. 자세히 보니 그 눈들 사이로 검은 동굴이 나 있었다. 아빠와 죠죠는 천천히 그 동굴 속으로 들어갔다.

제일 가까이 있던 작은 별이 죠죠에게 다가왔다. 얼핏

보기엔 검은색 작은 고양이였는데 아마도 다른 색 고양이일 게 분명했다. 왜냐하면 숲 속에서 진짜 검은 고양이는 고양이의 모습이 아니라 바위나 나뭇잎 모양으로 보이기 때문이다. 꼬리까지 선명한 고양이 모습인 걸 보니 아마도 죠죠처럼 연한 빛깔의 고양이임에 틀림없었다.

"꼬마야, 여긴 처음이니?"

"예."

"그럼 내가 너한테 쿤트라에서 살아가는 데 꼭 필요한 걸 한 가지 가르쳐주지. 너는 눈을 감는 법을 배워야 한다."

"안 돼요. 눈을 감으면 자꾸 니콤보가 나타나요."

"피흘흘……."

그 고양이는 무엇이 그렇게 우스웠는지 웃음을 참는다고

참았는데 입가로 웃음소리가 새어 나왔다.

"뭐가 그렇게 우스우세요? 나는 무서워 죽겠는데……."

"네가 눈을 감고 나방이 네 수염에서 얼마만큼 떨어져 있는지를 알 수 있게 된다면 그때 내 말을 이해하게 될 거야."

그 낯선 고양이는 어깨를 으쓱하더니 냇물을 따라 내려갔다.

"죠죠야."

낯선 고양이와 얘기를 하는 동안 아빠는 벌써 저만치 가 있었다.

"무슨 얘길 그렇게 했니?"

"웬 고양이가 저더러 눈을 감으래요."

"음……."

아빠는 깊은 생각에 잠기더니 무겁게 입을 떼었다.

"그놈은 주덩이 틀림없다. 주덩은 쿤트라에서 쫓겨난 수고양이야."

"왜 쫓겨났어요?"

"뭐, 여러 가지 사연이 있지."

아빠는 더 이상 말을 하지 않고 다시 천천히 발걸음을 떼기 시작했다. 동굴은 생각보다 깊었다. 바스락거리는 작은 소리도 동굴 벽에 반사되면 긴 울음소리로 변했다.

죠죠는 점점 이상하다는 생각이 들었다. 고양이들은 원래 어둠에 금세 적응할 수 있는 능력을 갖고 있어서, 땡볕 아래서 생쥐를 쫓다 그놈이 어두컴컴한 광 속으로 달아나도 얼른 쫓아 들어가 어둠 속에 서서 눈만 서너 번 깜박깜박하면 어둠이 걷히면서 투명한 무채색의 세계가 눈앞에 펼쳐졌다. 그런데 쿤트라에 들어와서는 한참을 걸어 들어왔는데도 점점 더 어두워질 뿐이었다.

죠죠는 눈을 깜박거려보았다. 한 번 해서 안 되고 두 번 해도 안 되고, 걸으면서 계속 깜박거려도 눈앞에 펼쳐지는 것은 아무것도 없었다. 죠죠는 걸음을 멈추고 오른쪽 발을 들어 코앞으로 가져와봤다. 오른쪽 발에 붙은 이끼 냄새가 점점 강해지는 것으로 보아 오른쪽 발이 자신의 코 쪽으로 다가오는 것은 틀림없는데 아무것도 보이지는 않았다. 코로 내뿜는

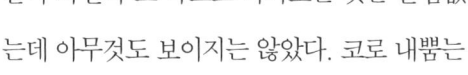

숨이 발바닥에 부딪혀 입가에 바람 소용돌이를 만드는데도 눈으로 확인할 방법은 없었다. 덜컥 겁이 났다. 영영 보지 못하게 된 것은 아닐까? 전설로만 내려오던 데킨 왕자가 다녀간 것은 아닐까?

죠죠는 공포에 떨며 오른쪽 발을 천천히 땅에 내려놓았다. 어차피 보이지도 않는 오른쪽 발. 오른쪽 발이 몸에서 멀리 떨어져 있는 것 같았다. 고양이들은 오른손잡이와 왼손잡이가 따로 있지 않다. 하지만 오른쪽이냐 왼쪽이냐 하는 것보다, 중요한 발이 어느 발이냐고 물으면 대부분의 고양이들은 오른쪽 발이라고 한다. 그것은 데킨 왕자께 맹세를 할 때는 언제나 오른쪽 발을 들어서 하기 때문이다.

"데킨 오리오미동."

'데킨'은 왕자님 이름이고 '오리'는 '검다'는 뜻, '오미'는 '희다'라는 말이고 '동'은 '영원히'를 상징하는 소리다. 한마디로 "데킨 오리오미동"은 "빛과 어둠의 데킨 왕자님 영원히"라는 뜻이다.

그런 데킨 왕자가 숭배의 대상이 된 데에는 가슴 아픈 이야기가 있다. 죠죠는 머리를 흔들었다. 데킨 왕자의 전설이 떠오르는 것이 무서운지 아니면 이 쿤트라의 어둠이 더 무서운지 알 수가 없었다. 그러나 아무 소용 없었다. 데킨 왕자의 슬픈 전설은 쿤트라의 어둠이 죠죠의 가슴속으로 들어오기 전에 이미 독약처럼 죠죠의 오그라든 심장에 퍼져 들어갔다.

먼 옛날 빛과 어둠이 갈라지기 전, 밤과 낮의 구별이 없던 세상은 고요의 세상이었다. 고요의 주인인 위부와가 있었고 그의 부인 스센초, 그 사이에서 태어난 왕자가 데킨이다. 모든 빛은 어둠의 적이었고 아주 사소한 희망도 어둠의 감시를 받아야만 했다. 반대로 모든 어둠은 빛의 경계 대상으로, 더 어두워지기 전에 빛의 설득을 받아야만 했다. 이 모든 일이 실로 섬세한 일이어서, 세상은 거의 아무런 변화가 없는 그야말로 고요의 세계였다. 커다란 침묵과 작은 침묵이 있을 뿐.

그러나 그 세계에도 시간은 흘렀다. 최후의 날, 회색 성으로 들어가는 길목의 가로수 키프리 나무들은 그림자 없이 서 있었다. 빛의 제국의 황금마차가 그 길을 지날 때 위

부와와 왕비 스센초는 초조하게 분수대 앞을 거닐고 있었다. 쿤사, 빛의 제국 왕의 방문을 통고받았기 때문이었다. 위부와의 왼손에는 심장, 오른손에는 손잡이에 고양이 모습이 새겨진 단검이 들려 있었다.

빛의 난폭함은 어둠의 그것과는 비교할 수가 없었다. 빛으로 온 세상을 정복한 쿤사는 이 세상에 유일하게 남은 어둠의 세상 쿤트라를 늘 넘보고 있었다. 황금마차는 긴 궤적을 남기며 키프리 나무숲을 달려갔다. 나무에 부딪힌 빛들이 금속성 소리를 내며 어둠에 깊은 상처를 냈다. 그러나 검붉은 피가 상처를 덮듯이 어둠이 곧 눈부신 흔적을 지워버렸다. 어둠이 빛의 상처를 어루만져주었다기보다는 시간이 치유를 해준 것이었다.

쿤트라 시간의 색은 검은색이다. 쿤트라의 시간은 '검은 구멍'이라는 뜻의 '오리뚜라' 시계에서 흘러나왔다. 오리뚜라를 지키는 고양이들은 아침이 오기 전에 시계를 다시 밤으로 돌려놓았다. 쿤트라는 그래서 늘 밤이었다. 쿤사가 갖고 싶어하는 것은 데킨 왕자가 지키고 있는 오리뚜라였다.

 이윽고 황금마차가 오리뚜라 앞에 멈춰 섰다. 검은 시간이 금빛을 띠며 흘러갔다. 쿤사가 고목나무 쓰러지는 목소리로 말했다.
 "토부*를 내놓아라."
 시계를 돌릴 때 쓰는 손잡이를 가져가버리면 오리뚜라가 아침을 향해 돌아갈 것이고, 그러면 쿤트라에도 빛이 쏟아져 들어올 터였다. 데킨 왕자는 아무 말 없이 서 있었다. 쿤사가 넓은 정원이었다면 데킨 왕자는 작은 벤지꽃 한 송이였다. 작은 어둠이 거대한 빛 앞에서 떨고 있었다.
 "토부를 내놓아라."

* 오리뚜아의 시간을 돌리는 손잡이

 오리뚜라가 불에 휩싸일 만큼 분노로 가득 찬 소리가 쿤사에게서 터져 나왔다.

 데킨 왕자는 꼼짝도 하지 않은 채 쿤사를 바라보고 있었다. 수많은 고양이들이 데킨 왕자를 둘러싸기 시작했다. 더 많은 고양이들이 오리뚜라에 들러붙기 시작했다. 오리뚜라는 거대한 고양이 산이 되었고 계속 검은 시간이 흘러나왔다. 황금마차의 바퀴가 검게 물들자 쿤사의 마차를 모는 마부는 마차를 뒤로 움직였다. 빛이 어둠을 갉아먹는 소리가 마차 바퀴에서 울려 나왔다. 쿤사는 황금창을 들고 주문을 외웠다.

 "날아라. 날아가 어둠을 거두고 빛의 날개를 달아라. 단 하나의 심장이 너를 막을 것이다. 데킨 왕자여, 영원의 세계로."

 주문이 끝나자 황금창은 곧바로 데킨 왕자에게 날아갔다. 이 광경을 지켜보던 왕비 스센초는 위부와의 품에 쓰러졌다. 쿤사가 토부를 가지고 가버리자 얼마 지나지 않아

오리뚜라에서는 하얀 시간이 흘러나오기 시작했다. 아침이 온 것이었다. 쿤트라의 모든 고양이들이 숲으로 달아났다. 어찌나 빨리 달아났는지 하얀 시간이 아기 떡갈나무 꼭대기를 타고 밑둥치까지 내려오기도 전에 다 사라졌다.

찬란한 빛 속을 달리는 황금마차의 군사는 의기양양한 자세로 푹신한 의자에 기대어 있었다. 그때 멀리서 반짝반짝하는 점이 점점 다가오면서 커졌다. 황금창은 눈 깜짝할 새에 쿤사의 몸을 뚫고 지나가 황금마차 벽에 꽂혔다. 그 벽에는 조금 전에 오리뚜라를 지키던 병사 고양이가 가져다 숨겨놓은 데킨 왕자의 심장이 창에 꽂혀 있었다. 지난 밤, 그러니까 새 밤이 오기 전 밤에 쿤사의 주문을 아는 위부와는 데킨 왕자의 심장을 꺼내 몰래 마차에 숨겨둘 계획을 세웠다. 그러곤 데킨 왕자의 시신에 볏짚을 채워 오리뚜라 앞에 세워놓았던 것이다. 데킨 왕자의 심장을 찾아 날아가던 황금창은 먼 길을 돌아 쿤사 뒤에 놓인 데킨 왕자의 심장에 박혔다.

쿤사가 죽자 오리뚜라에서는 검은 시간이 쏟아져 나왔다. 고양이들이 다시 쏟아져 나왔다.

"아빠."

죠죠가 아빠를 불렀다.

"지금 제 코앞에 있는 게 아빠 꼬랑지예요?"

"글쎄다. 아마 그럴걸? 근데 그건 왜 묻니?"

"이렇게 아무것도 안 보이는데 코앞에 있는 게 아빠 꼬랑지면 어떻고 니콤보 혓바닥이면 어때요?"

"하하하하!"

아빠의 웃음소리가 하도 커서 숲 속이 환해지는 것 같았다.

"맞아, 두려움은 네 바깥에 있는 게 아니라 네 안에 있는 거란다. 니콤보보다도 무서운 죽음이 네 앞에 있더라도 아빠 꼬랑지가 앞에 있다고 생각해라."

죠죠는 검은 자기의 운명 속으로 씩씩하게 걸어 들어갔다. 그는 쿤트라의 아들이 되었다.

M. C. 에셔(1898~1971)

고 작가는 글쓰기를 멈추고 창밖을 바라다보았다. 그러나 창문에 보이는 건 바깥 풍경이 아니라 글을 쓰다 돌아다본 자기 모습이었다. 칠흑을 뒤에 붙인 창문은 검은 거울이 되어 방 안의 모습을 비추고 있었다. 그 광경은 고 작가를 숨 막히게 했다. 일어나 창문을 열었다.

차가운 밤공기가 헐렁한 속내의 속으로 뚝 떨어졌다. 딸꾹질이 나올 것만 같았다. 창문을 열었다고 해도 특별한 풍경이 펼쳐지는 것은 아니었다. 보이는 건 조잡한 타일을 붙인 옆집 벽뿐이었고 그 벽 위에 새어 나간 불빛이 스크

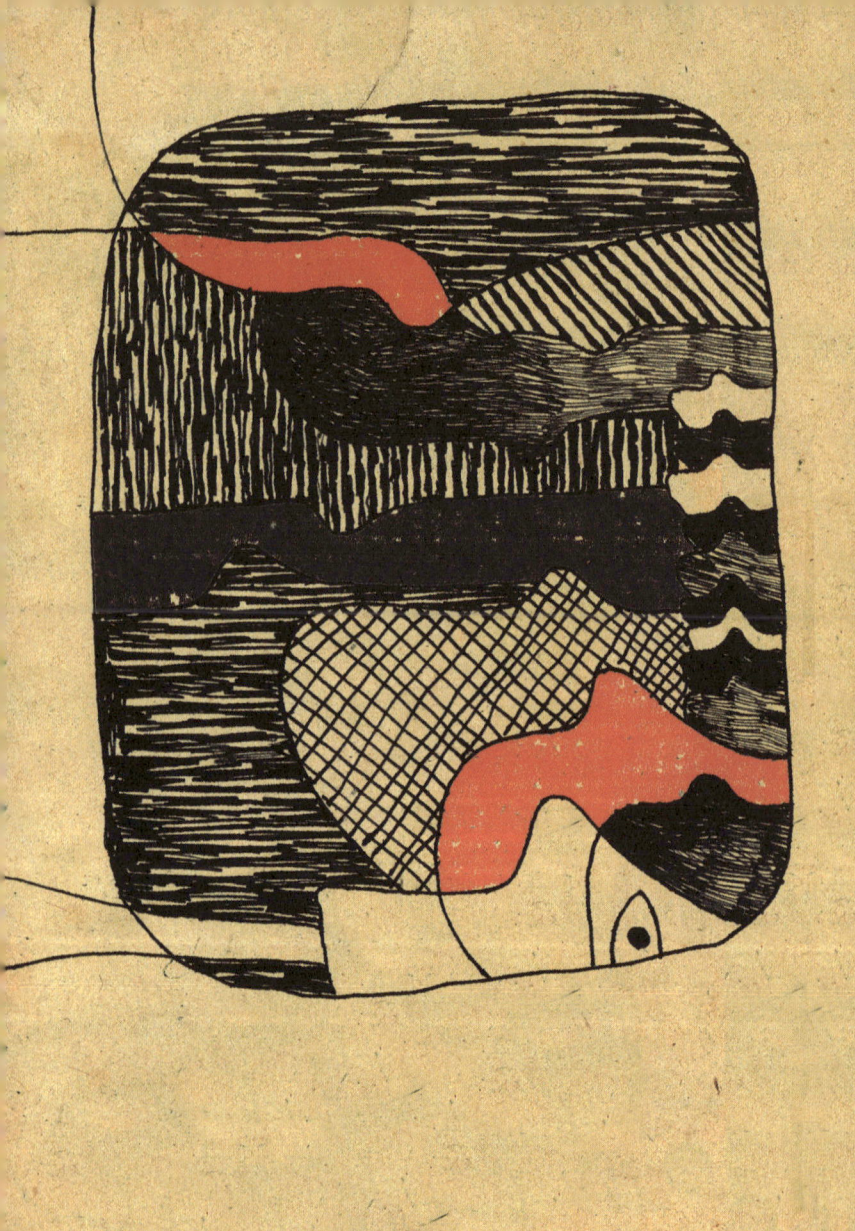

린처럼 퍼졌다. 그 벽에서 고 작가의 그림자가 고 작가를 보고 있었다. 고 작가가 그림자를 보고 다시 그림자가 고 작가를 보고, 고 작가를 보는 그림자를 고 작가가 보고, 그림자를 보는 고 작가를 보던 그림자가 다시 고 작가를 보고, 고 작가를 보는 그림자를 보던 고 작가를 다시 보는 그 그림자를 보던 고 작가는 창문을 열어도 답답하긴 마찬가지여서 딸꾹질 나오기 전에 창문을 닫았다.

고 작가는 쓰다 만 글의 마지막 부분을 다시 읽어보았다.

재희 : 알았어. (하지만 아직은 모르는 듯)

말은 "알았어"라고 했지만 지문엔 "아직은 모르는 듯"하다고 쓰여 있었다. 차라리 이 말을 "그러면 나는……"으로 바꿀까 하고 생각했다.

"그러면 나는……."
"그러면 나는……."

몇 번을 중얼거려보았다. "알았어"보다는 여운이 있는 듯했다.

고 작가의 눈동자는 마치 허공에서 말을 찾는 것 같았다.

"이게 내게 주는 선물이야?"

"야! 덕수."

'덕수'는 글 속의 남자 주인공 이름이다.

"개새끼."

하나의 장면을 묘사하는 데 여러 가지 말이 있을 수 있는 걸 탐탁지 않게 생각했다. 두리번거리던 눈동자가 멈췄다.

"알았어"에 줄을 긋고 그 위에 "그러는 너는……"이라고 썼다. 짐을 떠넘기고 난 기분이었다. 원고지는 빠르게 채워져갔다.

고 작가는 쉬는 손으로 자신의 불알을 주물럭거렸다. 불알을 꼭 쥐면 창자가 당겨지는 듯한 통증이 생긴다. 그 통증은 집중력에 도움을 줬다. 어둠이 걷히자 창문은 다시 투명해졌다.

창문에 비춰봐도 자신의 모습이 보이지 않았다. 투명인간이 된 느낌이 들었다. 투명은 완벽한 장벽이다. 눈에 보이지 않으나 실제로는 있는 걸 투명이라고 한다면 누구나

자기 자신에게 투명한 존재다. 자기 스스로만큼 절대적인 벽은 없지 않은가? 고 작가는 어젯밤 내내 창문에 갇혀 있었고 아침이 돼서는 자기 안에 갇혀버렸다. 졸음 언저리에 시장기가 있어서 라면을 끓여 먹고 잠이 들었다. 꿈속에선 전자 기타를 쳤다. 귀가 얼얼하게 큰 소리가 났었는데 꿈에서 깰 때쯤에는 자기가 치던 기타가 다 분해돼 있었다.

그래도 소리가 났었다. 손과 발, 몸통, 눈알, 이빨이 다 따로 떨어져 있는 사람이 걸어가는 것과 마찬가지였다. 어쨌든 나사못까지 완전히 분해돼 있고 줄이 다 풀리고 심지어 끊어져 있는 기타 줄에서도 굉음이 울려 나왔다. 꿈을 믿거나 하진 않았지만 기괴한 느낌은 지울 수가 없었다.

고 작가는 늘 엎드려서 글을 쓴다. 가슴팍에 베개를 괴고 왼손 주먹을 베개와 턱 사이에 받치고 볼펜으로 써 내려간다. 솔직히 작가라는 호칭이 좀 거북한 게 사실이다. 나이 쉰이 넘도록 이렇다 할 작품이 없었으니…….

그러나 오른손 중지 첫째 마디에 혹처럼 굳은살이 박혀 있었다. 뭐니 뭐니 해도 고 작가가 작가다워 보이는 건 혹이 아니라 궁핍에서 나오는 몸에 밴 궁상기 때문이다. 그리고 스스로 작가로서의 자존심을 지켜야 한다는 그만의 강박 때문이기도 하다. 작가는 다른 직업을 가져서는 안 된다는 게 그의 생각이다. 고 작가는 지금도 편의점에서 아르바이트하는 것으로 생계를 꾸리고 있다. 그가 쓰는 소설의 대부분은 편의점이 무대다. 등장인물들은 편의점 주인, 점원, 물건을 배달하는 사람, 물건 훔치는 할멈, 19세 미만 금지 비디오만 빌려가는 중학생, 말 안 통하는 네팔 처녀, 수다스러운 필리피노, 아기 낳고 쫓겨난 베트남 아낙 등이다. 그리고 재희.

 재희는 아침 7시 45분에 말보로 담배를 사러 오는 아가씨다.

"뚜각뚜각 찌익, 또각또각또각……"

'뚜각뚜각'은 편의점의 유리문이 열리기 전의 조금 둔한 구둣발 소리고 '또각또각'은 실내에 들어섰을 때의 경쾌한 구둣발 소리다.

유리문에서 계산대까지는 세 발짝밖에 안 되기 때문에 '또각' 소리가 세 번 들리면 재희는 언제나 계산대 앞에 섰다.

재희는 마약을 사듯 돈을 내밀었고 고 작가는 히로뽕을 내주듯 담배를 건넸다. 둘 사이에 대화는 없고 서로의 무표정이 의사 표현의 전부였다. '학보기*'와 '외면하기'도 소통하는 방법이다. 재희는 계산대 위에 진열돼 있는 립글로스나 건전지 따위를 만지며 담배를 주문했고 고 작가는 편의점 앞의 버스 정류장을 쳐다보며 담배에 바코드 리더를 갖다 댔다.

그렇게 말없는 소통에 중독이 되어갈 즈음, 그날도 고 작가는 버스 정류장을 쳐다보며 말보로 담배의 바코드를 읽었다.

"담배 아니에요."

고 작가는 담배에 바코드 리더를 갖다 댄 채 재희를 쳐다봤다. 계산대 위를 보니 담배 살 돈도 올려져 있질 않았다.

* 먼산 보듯 딴청 부리기

"휴대폰 충전 돼요?"

"그거 찾는 사람 없어서 기계 치워버렸는데요."

고 작가가 말을 끝내기도 전에 재희는 벌써 나가고 없었다. 정확하게 말하자면 "그거 찾는 사"까지만 듣고 이미 세 발짝을 돌아서 문을 여는 바람에 "람이 없어서"는 문소리에 묻혀버렸고, "기계 치워버렸는데요"를 들은 사람은 고 작가 혼자였다.

고 작가는 들고 있던 바코드 리디의 뻘간 불빛을 보았다. "말보로 담배는 2500원입니다" 하고 말하는 것 같았다.

바코드 리더를 내려놓고 담배를 제자리에 꽂았다. 낡은 아이스크림 통의 냉각기 돌아가는 소리가 들렸다. 그 소리는 아버지의 코트 단추에서 나던 소리를 닮았다. 커다란 단춧구멍 하나에 실을 넣어 통과시켰다가 다시 대각선으로 뚫린 구멍을 통해 빼내어 어깨 넓이만큼 실고리를 만든 다음, 단추를 세로로 세워놓고 요요하듯 실을 양쪽으로 잡아당겼다 늦췄다 하면 단추가 가운데서 맹렬하게 돌면서 붕붕 소리를 냈다. 모든 놀이에는 끝이 있다.

그 놀이의 끝은 언제나 끊어진 실이었다.

편의점의 아침은 재희가 오기 전과 재희가 지나간 뒤로 나뉜다. 이런 구분은 피아노 소리가 울리기 전의 방과 울리고 난 뒤의 방과 마찬가지다. 눈에 보이는 변화는 없지만 마음에 남는 파문은 사뭇 다른 것이었다. 그렇게 남은 여운은 콧노래가 되었다. 〈닥터 지바고〉의 라라의 테마가 코끝에 달리기도 하고 〈남과 여〉 주제가가 휘파람으로 날아오르기도 했다.

"안녕하세요. 저는 재희라고 해요."

"아 네에. 저는 고덕수라고 합니다."

글 속에서는 벌써 오래전에 두 사람이 통성명을 했고 함께 여행을 다녀오기도 했고 몇 번 다투고 헤어졌다가 우연히 만나 그 전보다도 더 열렬히 사랑했는데 재희가 암에 걸려 투병 중이다. 글 속에선 빡빡 깎은 재희 머리를 어루만지며 자몽 같다고 했는데 말보로 아가씨는 여전히 흑발이 탐스러웠다. 그 아가씨의 이름은 아직도 모른다. 재희는 고 작가가 그저 붙여본 이름이었다. 있을 '재'에 계집 '희'.

글 속에서 덕수가 의사로부터 재희가 살아날 가능성이

없다는 얘길 들은 다음 날. 고 작가는 담배를 사러 온 말보로 아가씨에게 물었다.

"성함이 어떻게 되세요?"

"그런 건 왜 물으세요?"

"그냥 궁금해서요."

"이상한 아저씨네."

"실례가 됐다면 말씀 안 하셔도 돼요."

"아니에요. 괜찮아요. 제 이름은 재희예요."

고 작가는 멍하니 말보로 아가씨를 쳐다봤다. 말없이 담배를 전해주자 재희는 담배를 손에 쥔 채 두 걸음을 걸어가다 문 앞에서 멈춰 섰다. 그러고는 돌아서서 말했다.

"덕수 씨, 안녕."

고 작가는 글쓰기를 멈추고 창밖을 바라다보았다. 그러나 창문에 보이는 건 바깥 풍경이 아니라 글을 쓰다 돌아다본 자기 모습이었다.

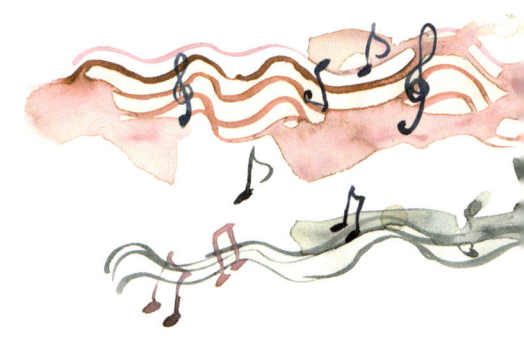

유니

 마취가 깨자 빛이 스며들었다. 나는 아무것도 생각할 수 없기 때문에 그 빛이 특별한 의미를 갖는 것은 아니었다. 그 빛은 뭔가 장막의 느낌을 주었다. 내가 빛 속에 갇힌 느낌.

 안구를 굴리며 자꾸 그 빛을 걷어내자 희미하게 사람들의 윤곽이 눈에 들어왔다. 셋 같기도 하고, 다섯 같기도 한 사람들…….

 "하나…… '하나'는 알겠는데 그 다음은 뭐지?"

 혼자 속으로 중얼거렸다.

 '하나' 다음은 '둘'이었다.

"둘······."

"그 다음은······."

"왜 그 다음을 세려는 거지?"

갑자기 졸음이 몰려왔다.

빛들이 몰려들어 어렴풋한 사람들의 윤곽을 지워버렸다. 안구가 다시 위쪽으로 올라가는 느낌이었다. 나는 다시 잠에 빠져들었다. 잠들기 전에 들은 마지막 소리는 양철 쓰레기통에 뭔가 던져지는 소리였다. 그리고 누군가 속삭이는 소리였다.

"깨어났어?"

"응~ 쉿······ 조용히 해."

"다시 잠들었나 봐."

저 사람들이 왜 속삭이는 걸까? '깨어났다'는 건 뭘까? 쓰레기통에 뭔가 떨어지는 소리와 사람들이 하는 말은 어떤 차이가 있는가?

그 둘의 가장 큰 차이는 쓰레기통에서 난 소리는 사람들의 말보다 훨씬 명쾌하다는 것이다.

'깨어났어. 깨어났어. 깨어났어.'

나는 그 말 속으로 사라져갔다. 얼마나 지났을까? 물소리에 잠이 깼다. 목이 말랐다.

"물, 물······."

젖은 거즈가 입술에 닿았다.

"물은 안 돼요. 조금만 참으세요."

"참으라는 말이 뭘까?"

이 부정의 뜻이 담긴 명령은 뭘까? 어떻게 해야 하나?

"물······ 물······."

나는 계속해서 외치며 발을 굴렀다.

"안 됩니다."

팔과 다리에 가죽 끈이 채워졌다.

나는 활줄을 풀어놓은 활처럼 척추를 휘어봤지만 묶인 손발로부터 자유로울 수는 없었다. 다시 온몸에서 힘이 빠져나갔다. 시간은 세숫대야에 고여 있는 물 같았다. 가끔 찰랑거릴 뿐, 흐르거나 새어 나가거나 쏟아지거나 하는 일이 없었다. 이 시간과 저 시간이 없으니 공간 또한 변할 것이 없었다. 감각 또한 마찬가지였다. 목마름이 유일한 변화였으나 그것 또한 채워지지 않았다. 눈을 떠보았다. 어럽게 초점이 맞았다. 그러나 여전히 여러 장의 천장이 겹쳐 보였다.

"여기는 어디일까?"

생명을 빨아먹는 것 같은 비닐 주머니가 매달려 있고 거머리 같은 빨판을 여기저기에 대고 있는 갖가지 기계들은 혼자만의 신호음을 내고 있었다.

126이었던 숫자가 몸을 좀 움직이니까 132로 바뀌었다. 가만히 누워 있으니까 숫자는 다시 거꾸로 흘렀다. 131, 130, 129, …….

어디선가 숨소리가 들렸다. 아주 낮게.

어둠 속에서 누군가 잠들어 있는 것 같았다. 고개를 오른쪽으로 돌리면 오른쪽에서, 고개를 왼쪽으로 돌리면 왼쪽에서 소리가 들렸다. 누구일까? 집중을 하면 잠시 그 소리가 멎기도 했다. 그러다 다시 들렸다. 어둠을 빨아들이고 더 짙은 어둠을 내뱉는 소리. 그건 나의 숨소리였다. 방 안의 어둠은 점점 더 짙어만 갔다.

"박세희 씨, 박세희 환자분, 체온 좀 재겠습니다."

간호사는 '박세희'를 부르며 내 귀에 체온계를 갖다 댔다.

'세희'. 이 낯선 이름은 어디서 왔을까?

오전 회진이 끝나자 웬 아주머니와 나보다 나이가 많아 보이는, 흰 수염이 군데군데 난 남자가 침대맡으로 다가왔다.

"세희야."

그 아주머니는 링거가 꽂혀 있는 손등을 피해 손가락을 잡으며 불렀다.

"괜찮냐?"

아주머니 뒤에 서 있던 사내가 물었다. 나는 그들을 모른다. 다만 그들에게 세희란 사람은 별일 없다고 얘기해주고 싶었다.

"괜찮아요. 근데 제가 왜 여기 있는 거예요? 집에 가면 안 돼요?"

아주머니가 갑자기 울음을 터뜨리며 밖으로 뛰어나갔다.

"저 집에 가면 안 돼요?"

내가 다시 물었다.

사내의 흰 눈자위에 눈물이 고이면서 빨갛게 변했다.

"아니, 조금만 있다 가자구. 검사를 좀 할 게 있다니까 그것만 해보고 가자구."

그때 장정 두 명이 침대를 끌고 오더니 나를 침대보째 번쩍 들어 끌고 온 침대로 옮겨서는 어디론가 밀고 갔다. 일곱 걸음마다 복도의 형광등이 지나갔다. 하나, 둘, 셋,

넷, 다섯, 여섯, 일곱…… 이렇게 발걸음을 세면 천장에 매립돼 있는 형광등이 지나갔다. 어제는 셋까지밖에 셀 수가 없었는데 어느새 일곱을 헤아리게 되었다. 그러나 그 뒤는 아직 알 수가 없었다.

나를 침대에서 다른 침대로 옮길 때와 똑같이 커다란 기계 쪽으로 나를 옮겼다. 곧이어 엄청나게 큰 소리가 고막을 찢었다. 그 기계가 멈추자 가운을 입은 남자가 다가와 물었다.

"괜찮았어요?"

"네. 근데 무서운 음악이 나왔었어요."

그 사람은 형광등 불빛 같은 희미한 미소를 띠고는 사라졌다.

검사를 마치고 돌아온 병실은 7층의 1인실이었다.

712호실. 환자 성함은 박세희, M 32세. 담당 간호사 조은주.

병실로 침대가 들어가자 맞은편 창문의 블라인드를 치고 보호자용 간이침대를 밀어놓고는 다시 나를 들어 침대에 눕혔다. 도대체 이 사람들이 왜 분주한 건지 알 수가

없었다.

 아까 울면서 나갔던 아주머니는 화병에 꽃을 꽂고 있었다. 등 뒤의 그 사내는 침대를 밀고 온 조무사들을 위해 주스 캔을 냉장고에서 꺼내 건네며 말을 했다.

 "결과는 언제 나오지요?"

 그들의 목소리가 열린 화장실 문 안쪽으로 들어갔다. 조금 확성돼서 되울리는 것 같았다.

"글쎄 결과는 바로 나오지만 과장님이 보셔야지요."

그들은 다 마신 주스 캔을 쓰레기통에 던져놓고는 침대를 밀며 돌아갔다.

블라인드에 잘린 햇살이 벽에 가로줄 무늬를 만들고 있었다.

'박세희'는 누굴까? 나는 왜 여기 있는 걸까?

잠시 후 간호사가 왔다. 왼쪽 가슴에 '조은주'라는 명찰을 달고 있었다. 몇 가지 주사액을 수액 세트에 찔러 넣고 수액을 좀 더 빠르게 떨어지게 조정하더니 말없이 돌아나갔다. 간호사가 나가면서 일으킨 바람이 수액 바늘을 꽂은 손등 위로 스쳤다.

차 창문이 조금 열려 있었고 그 사이로 바람이 들어오

고 있었던 기억이 스냅 사진처럼 머릿속에 떠올랐다 사라졌다.

'어디로 가고 있었지?'

나는 다시 잠이 들었다.

"이게 어제 찍은 사진인데…… 물이 그대로예요. 뇌가 부풀어 올라야 되는데…… 정 안 되면 그냥 구멍을 뚫어서 빼내면 돼요. 복잡한 시술은 아닙니다. 하여간 내일까지 결과를 보지요."

과장의 설명이 ARS 안내 목소리같이 건조하게 들렸다. 나는 눈을 감은 채였고 아카시아 꽃 향기 가득한 5월의 바람이 부는 호숫가를 걷던 생각을 하고 있었다. 누군가의 손을 잡았던 것 같기도 하고…….

아카시아 꽃처럼 하얀 드레스, 클림트 그림처럼 잔무늬가 알록달록한 신발 그리고 웃음소리, 천장엔 한가득 풍선이 있었고…… 어디였지?

병실 안은 가습기 돌아가는 소리와 두 개의 숨소리만 있을 뿐.

숨소리는 겹쳐지기도 하고 따로 떨어지기도 했는데 고

르게 맞춰나가다가도 가끔씩 한 사람이 내쉬는 한숨 때문에 다시 흐트러지곤 했다.

"엄마."

부르긴 불렀지만 입이 제대로 닫히질 않아서 정작 들리긴 "어와"로 들렸다.

"어와, 어와, 어와."

곁에 잠들어 있던 이가 벌떡 일어났다.

"왜? 왜? 엄마 여기 있다."

세로줄 무늬로 병원 이름이 반복해서 인쇄돼 있는 환자복 소매를 바라보며 물었다.

"여기가 어디예요?"

"병원이지 어디야."

"근데 왜 집에 안가요? 나 집에 가면 안 돼요?"

"가긴 어딜 간다고 그래. 그런 소리 하지 말고 뭐 좀 먹을래?"

"아뇨. 많이 먹었어요."

나는 어렴풋이 깨달았다. 내가 문병 온 게 아니라 환자 자신이라는 것을……

내가 나인 걸 아는 순간은 통증이 내게 속한다는 것을 느끼는 때이기도 하지만 뭔가 잊혀진 것, 그 망각을 자각할 때이기도 하다.

무엇을 잃어버렸는지 모르지만 무감각의 형태로 자국이 남는다. 마치 군데군데 떨어져나간 아라베스크 무늬 같다. 그러나, 그 훼손된 무늬를 복원하는 게 그리 어려운 일은 아니다. 연속무늬를 따라가다 보면 사라진 부분이 사라지지 않은 부분과 정교하게 맞게 돼 있다.

내가 처음 맞춰본 것은 사람의 얼굴과 그 사람의 이름이었다. 그중에 제일 처음 맞춰진 얼굴은 엄마였다.

엄마, 아버지, 재석인지 범주인지 모를 친구, 태호인지 명수인지 용환이인지 모르겠는 친구, 그리고 삼촌인지 이

모부인지 모를 아저씨 등등……. 그러나 이중 삼중으로 겹쳐져 있던 이미지와 이름들은 하나둘씩 짝이 맞춰져갔다. 재석이와 범주가 함께 온 날 재석인지 범주인지 몰랐던 친구는 범주인 걸 알게 됐다. 그러나 태호인지 명수인지 용환인지 몰랐던 친구는 태호와 용환이가 같이 온 적이 없었는데도 명수인 걸 알게 되었다. 그건 그저 우연히 맞춰진 큐빅 같은 거였다. 어떻게 명수가 명수인 걸 알게 되었는지는 모른다.

엄마가 엄마인 것도 마찬가지였다.

내가 요 며칠 사이에 새로 알게 된 것은 내가 병원에 있다는 것과 많은 사람들이 불안함을 숨기려 하고 있다는 것, 그리고 내가 무언가를 찾고 있다는 것이었다.

나는 창가로 가 바깥 풍경을 바라보았다. 바로 앞에는 산이 있었고 그 산을 깎아 만든 황토색 바위 절벽 밑의 주차장에는 차들이 빼곡이 차 있었다.

두 줄로 나란히 서 있던 차 중에 하나가 빠져나간다. 윗니가 하나 빠진 채 웃고 있는 모습이다. 어느새 그 자리에 다시 차가 채워진다. 잠시 후에는 아랫니가 빠진다. 금세 또 채워진다. 주차장의 기억은 차가 있다 없다 뿐이다. 나의 기억도 주차장의 기억과 별반 다를 게 없다. 그 사람이 있다 없다 뿐. 어제 보았던 사람도 기억나질 않았다.

다섯 시간 같은 일주일이 지나자 병원 생활이 조금 익숙해졌다. 시간이 느껴지기 시작했다. 아침 무렵에는 찐밥 냄새가 진동을 했고 회진 돌고 나면 약 냄새, 오후에는 신문지 빈칸 같은 무료함, 저녁이나 밤에는 고독감 같은 것이 그 시간의 표정으로 느껴졌다. 그래도 하루가 하루같이 느껴지기에는 일주일이 더 필요했다.

이 주일이 지난 어느 날. 링거액이 매달린 스탠드를 밀며 복도를 걷고 있을 때 재석이가 여자친구 윤애와 함께 병문안을 왔다. 윤애는 빨간 장미꽃 한 다발을 건네며 환하게 웃었다.

"뭐, 멀쩡하네……."

나는 대답 대신 윤애를 살짝 껴안았다.

"고마워."

윤애 귀에 작은 소리로 말을 하고 떨어지는 순간 머리카락 냄새가 풍겼다.

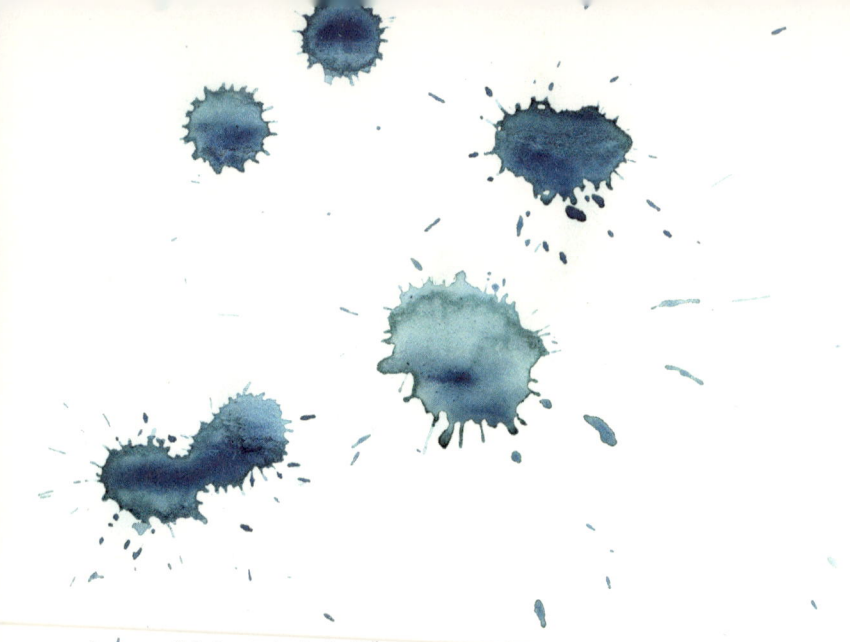

"나 누군지 알겠어?"

나는 윤애의 허벅지를 툭 쳤다. 그 정도는 알고 있다는 표시였다.

"정말? 그럼 이름이 뭐야?"

나는 다시 한 번 윤애의 허벅지를 쳤다.

"으휴, 모르는구나?"

나는 그냥 미소로 대답했다. 갑자기 윤애의 눈에 눈물이 고였다. 순식간에 고인 눈물 때문에 동그랗던 눈동자는 오각형이 되었다. 그 눈물이 떨어지기도 전에 윤애는 나를 덥석 안았다. 엉엉엉~

울음소리가 하도 커서 병원 복도에서 나던 잡다한 소리들이 다 묻혀버렸다. 들썩이던 윤애의 어깨에 재석이의 손이 얹혔다.

"그만 해."

윤애는 힘없이 나에게서 떨어졌다. 눈물이 떨어져버린 윤애의 눈동자는 다시 동그랗게 변해 있었다.

"미안해. 나도 모르게 그냥 터져 나왔어."

윤애는 내 손을 쓰다듬으며 울먹이는 소리로 더듬더듬 말을 이었다.

"바보같이 왜 울어."

갑자기 우는 윤애가 정말 바보 같았다. 나는 옷소매를 들어 눈물을 찍어줬다. 바보 같은 장미꽃은 정말 바보같이 빨갰다. 꿀 냄새 비슷한 장미향도 바보 같고 윤애를 달래주는 재석이도 영락없이 바보였다.

"바보, 바보들."

나는 처음엔 재석이, 그 다음엔 윤애, 그 다음엔 장미, 그리고 이어서 지나가는 간호사를 가리키며 "바보"라고 불렀다. 윤애는 내가 손가락으로 가리키며 "바보"라고 부

르자 재석이 품에 쓰러져 더 큰 소리로 흐느껴 울었다. 바보같이.

재석이와 윤애가 떠나고 나자 곧 밤이 되었다. 용환이가 가져온 소형 DVD 플레이어로 영화를 보았다. 아무리 보아도 스토리를 알 수가 없었다. 백 편의 다른 영화를 모아 놓은 것 같았다. 스톱 버튼을 누르고 조금 지나자 스크린 세이버의 작은 공이 나타났다. 빨강, 초록, 파랑으로 색을 바꾸며 당구공처럼 화면 위를 떠다니는 공을 보고 있자니 요거트 아이스크림에 얹어주는 색색의 동그란 과자 토핑이 생각났다. 귀지를 파는 소리처럼 입안에서 바삭하며 부서지던 그 작은 과자. 대형 통유리가 달린 건물, 벤치 그리고 웃음소리. 멜빵끈이 긴 가방과 가느다란 어깨.

"이거 치워드릴까요?"

어느새 들어온 간호사가 내 무릎에 올려져 있는 DVD 플레이어를 내려놓았다. 윤애의 바보 장미꽃이 화병에 꽂혀 있었다. 곧 잠이 들었다.

꿈속에서 나는 장미꽃을 들고 어디론가 가고 있었다. 그런데 장미 꽃다발에서 뿌리가 내려오기 시작했다. 점점 자라나는 뿌리는 내 눈에, 코에, 입에, 귀에도 깊은 뿌리를 박았다. 결국 나는 온통 장미 뿌리로 뒤덮여버렸고 그 자리에 붙박일 수밖에 없었다. 그래도 나의 심장은 맹렬하게 고동쳤다. 나는 그 자리에 붙박인 채 목이 터져라 불렀다.

"유니야, 유니야."

고함소리에 장미 잎은 다 떨어지고 앙상하게 남은 장미 뿌리 위에 갑자기 눈이 내리기 시작했다. 눈보라는 점점 거세지고 들판에 얼어붙은 장미 인간은 얼음이 갈라지는 소리로 유니를 불렀다.

그러나 그 소리도 끝없이 내리는 눈 속에 묻혀버렸다. 소리가 묻히면서 숨도 점점 막혀갔다. 더 이상 유니를 부를 수 없게 되었을 때……

나는 잠에서 깨어났다. 그때는 이미 간호사와 의사, 엄마와 삼촌이 다 달려와 침대를 에워싸고 있었다.

"유니야."

나는 마지막 숨을 모아 유니를 불렀다.

"유니야. 유니 어디 있어요? 네? 유니 어디 있나요?"

나는 의사의 가운 자락을 붙잡고 물었다. 아무도 대답이 없었다. 사람들 사이로 얼핏 유니가 보였다.

"유니야."

나는 침대에서 뛰어내려 문 쪽으로 다가갔다. 그러나 거기엔 아무도 없었다. 나는 지금 이게 꿈이라는 생각이 들었다. 꿈이기 때문에 유니가 갑자기 나타났다 사라졌다고 믿었다. 나는 꿈을 깨기 위해 다시 잠을 자야만 했다.

얼마나 잤을까? 다시 눈을 떴을 때는 주위에 아무도 없었다.

나는 기억을 떠올려봤다. 모든 것이 또렷했다. 샌들 사던 날 들렀던 한여름의 아이스크림 가게, 새로 산 자동차 초록색 미니, 카 오디오에서 흘러나오던 잭 존슨의 노래, 빗길과 헤드라이트 불빛, 달리는 차 안에

서 나누던 달콤한 키스, 와인과 친구들의 서프라이즈, 풍선, 앰뷸런스와 싸늘한 유니.

"아! 작별 인사를 했었지."

나는 더 이상 숨을 쉬지 않는 유니의 입에 입을 맞추며 했던 말이 기억났다.

"잘 가. 내 사랑."

나는 천천히 병실을 나왔다. 간간이 기침 소리가 병실에서 흘러나왔고 환하게 불 켜진 중앙홀에는 당직 의사 몇이 컴퓨터 화면을 보고 있었다.

옥상에서 바라본 세상은 아름다웠다. 유니가 없는 나를 받아들이기까지는 오래 걸리지 않았다.

 "그렇지 뭐. 나는 유니를 사랑했지 뭐. 나는 사랑한 거야 유니를…… 유니도 나를 사랑했지…… 유니를 사랑했는데 뭐. 사랑했지. 사랑했으면 된 거지. 사랑했어……."
 나는 이미 떨어지고 있었다. 12층 창가를 스치고 있을 때 얼핏 유니를 본 것도 같다. 나는 그쯤에서 영원으로 들어갔다.

윤 판사와 소매치기

 오전 11시 20분. 법원 앞 거리는 유난히 적막해 보인다. 이것은 순전히 선입견 때문이다. 달리는 차가 그 앞에서 소리를 죽일 일도 없을 뿐만 아니라 행인들도 그곳을 지날 때 특별히 조신하게 구는 것도 아니다. 법원 앞의 적막은 어렸을 때부터 귀 따갑게 들었던 '떠들면 혼난다'는 말이 시상하부에 남아 있어서이다. 공증, 파산전문 같은 커다란 글씨들은 그 크기와는 상관없이 하나같이 침묵을 지키고 있다. 마치 자기네들은 비밀을 잘 지킨다는 듯이……. 하지만 사람들의 입은 쌌다. 법원 앞 식당에 들어가면 세 순가락의 밥을 먹기 전에 앞에 앉아 떠드는 사람이 원고 측인지 피고 측인지를 알 수 있다. 형사사건인 경우에도 몇 년이나 살지, 재판 받는 사람이 얼마만 한 거물인지 등을 한눈에 알 수 있다. 윤 판사는 장어국을 시켜놓고는 반찬으로 나온 멍게젓갈을 우물우물 씹고 있었다.

피고인 이동구를 징역 10월에 처한다. 이 판결선고 전 구금일수 중 80일을 이 징역형에 산입한다.

조금 전에 내린 소매치기 이동구에 대한 선고 내용이었다. 입안에서 무언가 툭 터지며 멍게 특유의 향이 퍼졌다. 이동구가 마지막 변론에서 "나도 모르게 손이 갔다"라는 말을 했는데 윤 판사는 그 말이 맴돌았다. 자신도 모르게 손이 갔다면 도대체 범인은 누구란 말인가?

"그럼, 당신 손이 당신 모르게 한 짓이라 책임이 없다는 거요?"

"아뇨, 책임이 없다는 게 아니라, 일부러 그런 건 아니라는 말씀입니다. 죄송합니다."

이동구가 조아리는 바람에 윤 판사도 노기 띤 눈을 조금 누그러뜨렸다.

윤 판사가 조금 의아하게 생각하고 있는 것은 사실 자기 자신이었다. 이동구를 처음 봤을 때 그러니까 3년 전, 이동구가 초범으로 잡혀왔을 때, 보자마자 인상이 소매치기 같다고 생각했다. 그리고 조서를 보고는 깜짝 놀랐다. 진짜 소매치기하다가 잡혀온 것이었다. 그 뒤로 윤 판사는 자신의 선입견이 혹시 판단에 작용하지 않을까 하여 조심스러워했다. 둥글둥글한 얼굴형에 쌍꺼풀 진 커다란 눈, 짧게 깎은 머리카락. 언뜻 보기엔 후덕한 인상이었는데 어디에서 소매치기 인상을 받았는지 참 모를 일이었다. 범인이 꼭 범인같이 생기지는 않았다는 걸 깨달은 걸까?

장어국이 나왔다. 그 위에 얹혀 있던 방아를 숟가락으로 눌러 속에 잠기게 하고는 작은 옹기그릇에 담겨 있던 산초를 뿌렸다.

산초 향이 그릇 주위를 물들였다. 노란색 냄새였다.

"빌어먹을⋯⋯."

허겁지겁 한 숟갈을 떠 넣자 뜨거운 국물에 또 입천장을

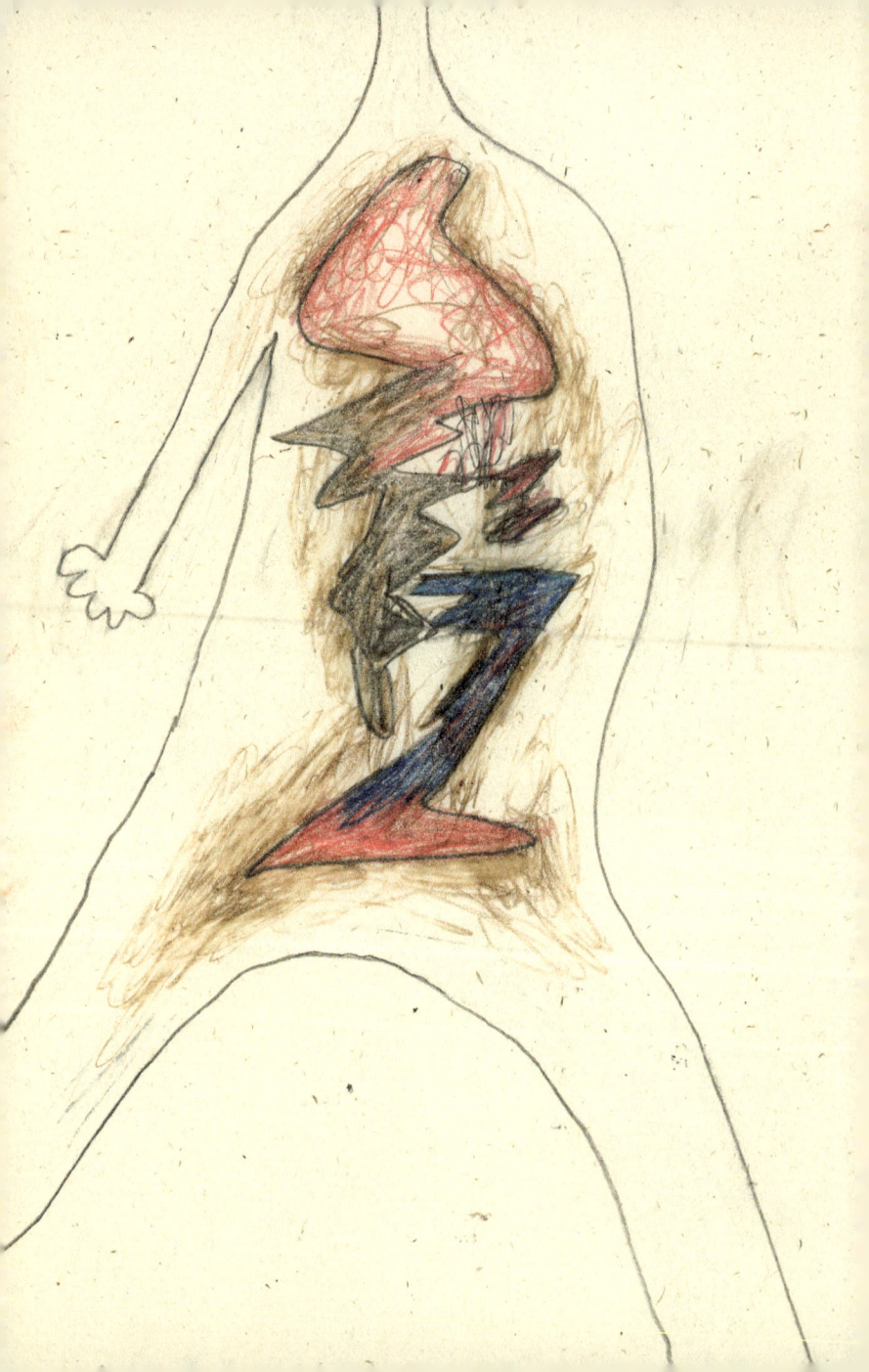

뎄다. 늘상 데면서도 매운 맛보다 먼저 찾는 게 뜨거운 맛이었다.

윤 판사는 늘 조리 있고 억양이 없는 모노톤의 목소리로 자동응답기같이 얘기하는 게 버릇이었다. 그러나 원래 마음속에서부터 그런 어투로 나오는 게 아니었다. 마음속에는 '×팔', '×도', '×새끼' 같은 욕부터 '빌어먹을', '염병' 같은 말이 온통 뒤섞여 있었다.

그러나 그런 말들은 목젖 부근에서 다 걸러지고 교양이 넘치는 말들만 나지막하게 흘러나왔다. 그래서 입천장이 홀라당 까지는 바람에 자기도 모르게 튀어나온 "빌어먹을" 이 말도 그냥 장어국물과 함께 배 속으로 들어가고 말았다. 이렇게 세상에 나오지 못한 말처럼 범의가 충분히 있는 행동들이 사람들 마음속에서 걸러지고 있는 걸 윤 판사는 잘 안다.

밥을 먹다 말고 윤 판사는 휴대폰을 꺼냈다.

"어~ 나야. 밥 먹었어? 응, 지금 먹고 있어. 뭐 좀 물어보자. 너 거짓말한 적 있니?"

전화기 너머에는 윤 판사의 친구인 정신과 의사 김 박사가 있었다.

"있지. 있고말고. 근데 왜 갑자기 그런 걸 물어?"

"아냐, 그냥 궁금해서. 또 전화할게."

윤 판사는 다시 밥을 먹기 시작했다.

이동구가 혼자서 소매치기를 했다고 우기는 거나 자기도 모르게 손이 갔다고 얼버무리는 게 다 거짓말이라는 걸 안다. 윤 판사는 그런 거짓말들이 형량을 결정하는 데 아무런 영향을 끼치지 않는다는 것을 피고인들이 알면서도 거짓말을 하는 것을 이해할 수 없었다. 법 앞에서 벌거벗겨질 때 느끼는 수치심을 거짓말로라도 가려보려는 걸까? 어찌 보면 거짓말은 양심의 일부인지도 모른다. 아니면 양심이 잘못 누른 엔터키인지도······.

장어국은 이미 다 식어버렸다. 식당을 나와 횡단보도에 섰다. 호송 차량이 막 신호등을 건너고 있었다. 뒤에서 두 번째 자리에 이동구가 앉아 있었다. 낯선 풍경을 보듯 철망 사이로 밖을 바라보고 있었다. 오후에도 잡범들의 재판이 열린다. 윤 판사는 또 거짓말들 사이에서 참말을 찾아내야 한다.

참말이 꼭 진실을 뜻하는 것은 아니다.

'당신을 사랑합니다'라고 하는 거짓말에 얼마나 많은 사람들이 속는지…….

'나는 가진 게 없어요'라는 진실한 고백이 얼마나 쉽게 묻혀버리는지…….

그런 4차방정식 같은 진실 게임 속에서 어느 쪽 손을 들어줘야 하는지를 가려내는 건, 초등학생이 남산길의 야바위꾼 손에서 주사위를 찾아내는 것만큼이나 어렵다.

윤 판사는 늘 자신의 일이 신호등 켜는 일과 비슷하다고 했다. 이 세상에서 신호등 같은 노릇을 한다는 것은 쉬운 일이 아니다.

횡단보도 신호등이 초록불로 바뀌었다. 사람들이 우르르 건너간다. 중간도 안 갔는데 불이 깜박거리기 시작했다. 윤 판사는 길 건너는 시간을 좀 더 여유 있게 주었으면 좋겠다고 생각했다. 그리고 얼른 오후 재판이 끝나고 테니스를 치러 갔으면 좋겠다고 생각했다. 교차로의 신호 주기처럼 판결을 앞두고 있는 대부분의 사건은 나름의 형량이 정해져 있다. 윤판사는 형량을 조정할 마음이 없었고 세상도 그것을 원치 않았다. 길을 다 건너자 등 뒤로 차들이 거칠게 지나갔다. 윤 판사는 가을 같은 법원 길을 올라 거대한 법원 건물 속으로 사라졌다.

 방호원의 "일어서세요" 소리에 법정 안의 모든 사람이 일어섰다. 윤 판사의 짧은 개정 안내가 있었고 사람들이 다시 자리에 앉자 윤 판사는 사건 번호와 피고인을 확인했다.

 "09고단 102호 피고인 이석선."

 그 순간 법원 앞 교차로에선 신호등이 빨간불로 바뀌었고 신호를 무시한 중국집 배달 오토바이가 아슬아슬하게 차를 피해 달렸다. 사람들은 그저 횡단보도 건너기에 바빴다.